Bomben auf Monte Carlo

Der Autor Friedrich (Fritz) Percyval Reck-Malleczewen war ein deutscher Arzt und Schriftsteller. In seinen Romanen verarbeitete Friedrich Reck-Malleczewen wiederholt seine Reiseerfahrungen. Daneben schrieb er zahlreiche Jugenderzählungen. Sein Vorbild war Robert Louis Stevenson. Sein Roman Bomben auf Monte Carlo wurde zweimal verfilmt.

In der Buchreihe „Historical Diamond" werden die Juwelen bedeutender klassischer Autoren in einer qualitativ hochwertigen, aber preiswerten Buchausgabe in ungekürzter Fassung neu herausgegeben. Das Themenspektrum umfasst spannende Romane, u. a. historische Romane, Krimis, Fiktion, Abenteuer und Entdeckungsreisen.

HISTORICAL DIAMOND

Fritz Reck-Mallaczewen

Bomben auf Monte Carlo

Roman

Herausgeber
Klaus-Dieter Sedlacek

Band 15

Bibliografische Information Der Deutschen Bibliothek:
Die Deutsche Bibliothek verzeichnet diese Publikation
in der Deutschen Nationalbibliografie; detaillierte
bibliografische Daten sind im Internet über
http://dnb.ddb.de
abrufbar.

Herstellung und Verlag: BoD – Books on Demand, Norderstedt.
ISBN: 9783752868449

Ein mysteriöser Vorfall, der der näheren Aufklärung noch bedarf, wird gegenwärtig viel diskutiert an der französischen Riviera.

Am Karnevalsdienstag erklärte nach größeren Spielverlusten im Kasino von Monte Carlo der Kapitän eines im Hafen liegenden auswärtigen Kreuzers, daß er soeben die Schiffskasse verspielt habe und sie von der Bank zurückerbitten müsse, widrigenfalls er am nächsten Morgen das Kasino beschießen werde.

Unter den Gästen entstand zunächst eine Panik. Am nächsten Morgen war der Kreuzer aus dem Hafen verschwunden. Die Bank gab beruhigende Erklärungen ab. Die Regelung des noch recht unaufgeklärten Vorfalles wird mit dem Eingreifen der gegenwärtig zur Kur in Monte Carlo anwesenden Fürstin eines kleineren Balkanstaates in Verbindung gebracht.

Zeitungsmeldung des ›Meridional‹
vom 8. März 1922.

I.

Dies ist, wie ich meine, eine fröhliche, eine beschwingte Geschichte – ich glaube, daß sie in dem nun etwas mürrisch und rauchgrau gewordenen Europa eine der letzten fröhlichen und übermütigen Geschichten ist. Weswegen sie damals vor sieben Jahren, als sie sich zutrug, gerade in Deutschland nicht bekanntgeworden ist, habe ich mir nie recht erklären können, da sie ja doch um den ganzen Erdball herum ihren Weg gemacht hat: von Port Said (wo die Welt notorisch am unanständigsten ist) ist sie durch alle die unzähligen Überseeklubs in Aden und Singapore gewandert . . . in der Tent-Bar in Yokohama ist über sie gelacht worden, und in Sydney und in Kapstadt, als wir frostklappernd im Südwinter vor den Kaminfeuern des »India-Hotels« saßen, und sich puritanische und bibelfeste alte Holländer ärgerten über unseren Alkoholkonsum: immer war es diese lustige Geschichte von dem Kapitän Cradock, der zum Entsetzen der ganzen Welt eines Tages seine Kanonen auf das Kasino von Monte Carlo richtete. Bis dann eine Frauenhand dazwischenfuhr und diesen grimmigen Abenteurer zu einem wohlgesitteten und ordentlichen Mitglied der menschlichen Gesellschaft machte. –

Was nun diesen Kapitän Cradock anbelangt, so muß ich ja wohl, ehe ich seine Geschichte erzähle, eine persönliche Feststellung machen. Ich für mein Teil glaube zwar, daß diese ganz großen Abenteurer sozusagen Weltwunder sind, daß sie unabhängig von Nationalitäten und politischen Sentiments durch den Weltraum schwirren wie Kometenschwänze und Planetentrümmer. Immerhin möchte ich in aller Form feststellen, daß dieser Cradock, obwohl er vor dem Kriege ganz kurze Zeit die Uniform eines britischen Marineoffiziers getragen hatte, durchaus kein Engländer von Blut war, sondern aus einem durchaus internationalen Raufbold- und Seeräuberadel stammte. Zuzugeben ist, daß einer seiner Vorfahren vor fünfhundert Jahren um die Zeit der britisch-französischen Kriege englischer Oberst gewesen war und als solcher der Familie Cradock ein ganz merkwürdiges Privileg erstritten hatte. Das von jenem mittelalterlichen Cradock befehligte Regiment nämlich hatte an der Ruhr gelitten, hatte infolgedessen öfter als andere Regimenter Ursache gehabt, sich seiner Hosen zeitweilig zu entledigen, und war in einem solchen Zustande der Hosenlosigkeit von den Franzosen – unschicklicherweise vermutlich unter der persönlichen Führung der Jungfrau von Orleans – angegriffen worden. Nun also, der damalige Cradock hatte mit seinem hosenlosen Regiment den Feind in die Flucht geschlagen und dadurch für alle Zeiten für sich und seine Nachkommen von den britischen Königen ein ganz seltsames, in Europa viel belachtes Privileg erstritten: das glücklicherweise nie ausgeübte Privileg, jederzeit und unangemeldet bei sämtlichen Mitgliedern des Hofes – ohne Hosen zu erscheinen . . .

So also verhielt es sich mit dem Stammvater aller Cradocks, und seine Nachkommen hatten so ziemlich in allen Armeen Europas und auf allen Schlachtfeldern des Erdballes gerauft und sich die Schädel blutig schlagen lassen. Für den Schwedenkönig und die reine Lehre hatten sie gefochten. Für die Ostindische Kompanie und den Großen Friedrich. Und sogar für die Sterne und Streifen des jungen Amerika. Es gibt eben solche über alle Staaten verteilte Raufbolde, die ebensogut in Hu- wie in Büsum oder selbst auf dem Monde zu Hause sein können. Leute, die heute Soldaten für Amanullah und morgen für die chinesischen Marschälle ausbilden, und deren ewiges Schicksal es ist, wie Kometen ruhelos durch das Weltall zu sausen. Wenn es ihnen eben nicht passiert, was im Jahre neunzehnhundertundzweiundzwanzig diesem langen Kapitän Cradock passierte: daß sie von Frauenhänden gezähmt und schließlich doch noch zu leidlich gesitteten Europäern gemacht werden. Ja. –

Und nun: es tut mir innig leid, daß diese an sich so unromantische und beschwingte Geschichte eine ganz kleine Vorgeschichte hat – eine Vorgeschichte, in der sogar eine so romantische und rar gewordene Angelegenheit wie eine Prinzessinnenhochzeit eine Rolle spielt. In den allerletzten Jahren vor dem Kriege nämlich hatte dieser »lange Cradock« (wie er wegen seiner ganz unwahrscheinlichen Körpermaße genannt wurde!) in London als eben beförderter Flottenleutnant einen Flirt gehabt. Einen Flirt mit einer kleinen Prinzessin aus einer Nebenlinie des königlichen Hauses von Großbritannien und Irland. Einen Flirt, von dem nur bekannt ist, daß die gemeinsamen Ausritte der beiden Beteiligten etwas länger dauerten, als nach den Grundsätzen der höfischen Schicklichkeit solche Ritte zu dauern haben. Ferner, daß dieser Flirt einige Zeit Gegenstand des Hofklatsches von alten silberbestickten Palastdamen war. Drittens, daß der Flirt zwischen dem neu beförderten Flottenleutnant Cradock und der kleinen Prinzessin Maria so endete, wie alle solche Flirts zu enden pflegen. Damit nämlich, daß der Hof die kleine Prinzessin Maria standesgemäß verlobte.

Mit dem Potentaten eines kleinen armen Balkanstaates, der hier, damit durch diese fröhliche Geschichte um Gottes willen keine internationalen Spannungen verursacht werden, mit dem Phantasienamen »Labrador« bezeichnet sein mag. Mit diesem, um mindestens dreißig Jahre älteren Sixtus von Labrador, der diese fröhliche und beschwingte Geschichte mit dem Gewichte seiner Persönlichkeit und seines Namens nicht im allermindesten beschweren wird. Da er nämlich schon bei seiner Heirat ein verlebtes altes Scheusal, ein altes Austerngrab mit pontacroter Burgundernase gewesen war. Und im achten Jahre dieser im November neunzehnhundertundzwölf zu London geschlossenen Ehe vom Darmkrebs geholt wurde und die kleine Mary als Fürstin-Witwe von Labrador zurückließ. Und begraben wurde mit allen Zeremonien seines

Landes und damit gottlob ein für allemal ausscheidet aus dieser Geschichte, die mit Hoheiten gar nichts . . . aber auch gar nichts zu tun hat. Sondern eben nur mit diesem wilden Abenteurer Cradock, der partout das Kasino von Monte Carlo in Brand schießen wollte und dann doch auf unerwartete Weise von einer Frauenhand zu einem zivilisierten Manne gemacht wurde. Ja.

*

Diese Verlobung und diese Hochzeit der kleinen Mary aber, sie bildet den einzigen mit höfischem Ballast beschwerten Bestandteil meiner Geschichte. Daß man sie an diesen greulichen alten Mann verlobt habe, das hatte sie dem langen Cradock unter Tränen erzählt am Tage, ehe der Hofbericht die Verlobung bekanntgab, bei einer Fuchsjagd in Hampton, bei der sie (absichtlich oder zufällig) sich verirrt hatten und für eine halbe Stunde allein geblieben waren. Und als sie es ihm gesagt hatte, da war der lange Cradock kurzerhand zum Angriff übergegangen und hatte diese kleine Prinzessin furchtbar geküßt. Ganz furchtbar und mit Küssen, auf die kleine Prinzessinnen eigentlich nicht eingerichtet sind. Dann war er aufgesessen und hatte sie zum Jagdfelde zurückbegleitet. Und hatte sich sehr formell verabschiedet und hatte sie in den acht bis zur Hochzeit verstrichenen Wochen nie wieder gesehen, und nur das war bekanntgeworden, daß er in diesen Wochen wilder trank und noch wilder ritt als gewöhnlich. Bis dann eben die Hochzeit gekommen war, und sie sich bei dieser Hochzeit für lange Jahre ein letztes Mal gesehen hatten . . .

Diese Hochzeit aber fand in London an einem kalten windigen Novembertage statt. In der Westminsterabtei, in der bekanntlich alle englischen Könige begraben liegen – der blutige Richard und der fröhliche Prinz Heinz und dann der achte Heinrich, der bekanntlich neben dem Rekord von acht Frauen den anderen Rekord von dreihundertundfünfundsechzig Bastarden aufgestellt hat, und wenn es gerade ein Schaltjahr gewesen wäre, so wären es todsicher dreihundertundsechsundsechzig gewesen . . . An diesem mit Geschichte und Romantik schwer belasteten Orte also vollzog sich die Trauung des Paares so, wie nach alter Sitte sich Trauungen von englischen Prinzessinnen immer vollziehen. Daß nämlich Braut und Bräutigam bei ihrem Gange zum

6

Kirchenportal durch ein Spalier von Flottenoffizieren schritten, und daß diese Offiziere über das Paar dachsparrenartig und schützend ihre entblößten Degen hielten. So, wie das heute noch geschieht, wenn ein Mitglied des königlichen Hauses heiratet. Höchst romantisch und unzeitgemäß eigentlich. Ich kann's nicht ändern. –

So also war das auch dieses Mal. Und zuerst standen da alte eisgraue Admirale mit beträchtlichem Leibesumfang und Leberverhärtung und goldbetreßten Schiffshüten und blitzenden Victoriakreuzen auf Milz und Blinddarm. Dann – näher schon dem Portal – waren es magere Linienschiffskapitäne in mittleren Jahren mit harten Gesichtern, und auf diesen Gesichtern war zu lesen, daß man hier sei, um mit Anstand eine etwas romantische Zeremonie zu erledigen, und daß man im übrigen diese kleine süße Mary bedaure, weil sie nun ein solch altes verlebtes Laster heiraten müsse. Ganz dicht am Portal aber, da stand unter sechs blutjungen, eben beförderten Flottenleutnants einer, der mit seiner verwegenen Nase und den kühlen und vielleicht ein wenig frechen Augen eigentlich wie ein vorzeitig in die Uniform gepreßter Schuljunge aussah. Das also war der Leutnant Frederic William Cradock. –

Ja, so war das, und alles vollzog sich, wie die Etikette es vorschrieb und heute noch vorschreibt. Und Zeremonienmeister, leuchtend in ihren zinnoberroten Hoffräcken wie riesige seltene Vögel, waren eingeschwenkt und hatten Front gemacht und ihre Stäbe aufstampfen lassen . . . die Kameras der Presseleute hatten geschnappt, und unter dem Dach von entblößten Säbelklingen schritt auf das Portal zu mit ihrem abgelebten alten Bräutigam diese in der Gloriole ihrer zwanzig Jahre strahlende Braut. Und erst da, als dieses ungleiche Paar schon auf der obersten Stufe der Treppe stand, und als aus dem Dunkel von Westminsterabtei schon die bunten Meßgewänder der amtierenden Geistlichkeit leuchteten, da hatte sich etwas ereignet, was als eine, wenn auch nur flüchtige Störung dieser feierlichen Zeremonie bezeichnet werden muß, und was dann auch für den weiteren Verlauf dieser Geschichte allerlei Folgen hatte.

Die Sache war eben die, daß es ein kalter, unfreundlicher Novembertag war mit eisigem Nordost, und daß gerade, als das Brautpaar das Portal durchschreiten wollte, ein solch grober Bursche von Windstoß über den Platz gefahren kam. Zuerst war es nur so, daß weißhaarige Hofdamen zusammenschauerten und alte Kammerherren die Gicht in ihren Knochen fühlten und wohl auch daran dachten, daß jetzt ein männlicher Whisky guttun könnte. Das Gros dieses unheiligen Windes aber, das mit voller Wucht und mit tanzenden Wirbeln von Staub und Papierfetzen und Strohhalmen daherkam, das richtete schlimme Verheerungen an. Zuerst flogen von den kammerherrlichen Häuptern etliche Schiffshüte davon, ließen schön polierte Glatzen sehen und erregten einiges Lachen ringsum. Dann stürzte der Kurbelapparat eines Kinomannes um, dann machten, scheu geworden durch die allgemeine Wirrnis, vor einer der Galakutschen die à la Daumont gespannten Schimmel und Rappen Miene, durchzugehen. Zum Schluß aber fuhr dieser Lümmel von einem Wind mitten hinein in das Kirchenportal, nahm den Schleier der Braut und bauschte ihn wie eine Fahne auf, bis er sich da oben an irgend etwas verfing. Dieses »Irgendetwas« aber, das war die Degenspitze des Leutnants Frederic William Cradock.

Das war ja nun wirklich ein störendes, um nicht zu sagen peinliches Ereignis. Die Braut hatte es zunächst nicht bemerkt und war einfach weitergegangen; da hatte sie alles nur noch schlimmer gemacht und den Schleier über die ganze Länge der Klinge gezerrt bis zum Degengefäß. Und als der Leutnant Cradock den Degen gesenkt und versucht hatte, den inzwischen schon stark beschädigten Brautschmuck von der Klinge zu ziehen, da war ein zweiter Windstoß gekommen und hatte ihm den Schleier um die Schulter geweht. Und als sie dann beide durch allerlei Manipulationen versucht hatten, sich von diesem Erzeugnis der englischen Textilindustrie und seinen mannigfachen Umschlingungen zu befreien, da war es ganz schlimm geworden. Da standen sie nämlich und waren untrennbar verbunden durch eine Boa constrictor aus Tüll. Notgedrungen blieb natürlich der ganze Brautzug stehen, und natürlich fingen alte Hofdamen an, mokante Blicke zu tauschen. Da nahm denn die resolute kleine Braut ihren Brautschleier und riß ihn . . . ritsch – ratsch . . . mitten durch. Dann blieb sie noch eine kleine Weile stehen neben dem langen Cradock, und beide sahen sich ins Gesicht und mußten zuerst lachen und waren hinterher doch beide ein wenig rot geworden . . .

Grober Unfug wäre es natürlich, in diesem Falle von »Liebe auf den ersten oder auch nur auf den zweiten Blick« zu reden – beide waren sie für derlei Sentimentalitäten viel zu lebenstüchtige Menschenkinder. Es war einfach so, wie es eben manchmal ist zwischen jungen Leuten, die sich einmal gut gewesen sind und sich unvorhergesehenerweise noch einmal begegnen, ehe sie sich auf immer trennen müssen. Und sich das, was sie sich zu sagen haben, in aller Verschwiegenheit mit den Augen sagen . . .

»Dank dir«, sagten die Augen der kleinen Mary, »daß du mir nun ein so schöner Brautkavalier bist.«

»Laß dir's nicht zu schwer werden«, sagten die Augen des langen Cradock und streiften dabei den alten, klapprigen Bräutigam, »laß dir's nicht allzu schwer werden, wenn du nun dieses alte Laster heiraten mußt!«

Das war alles, und damit setzte sich der Brautzug auch schon wieder in Bewegung. Und nur noch einmal, dicht an der Tür, drehte sie sich um nach dem langen Cradock. »Zum Andenken an Mary«, sagte ganz leise die Braut und reichte dem langen Cradock einen Fetzen ihres zerrissenen Schleiers hin. Das aber war auch wirklich alles. Und alles Weitere vollzog sich so, wie es nach altem Brauch sich zu vollziehen hatte. Und höchstens dieses eine nur noch wurde von älteren Hofdamen flüsternd vermerkt, daß am Abend die Prinzessin-Braut den langen Cradock ungebührlich oft zum Tanz auffordern ließ. Das war alles, und das ist eigentlich die ganze Vorgeschichte zu dem, was sich dann zehn Jahre später in Monte Carlo ereignete. –

Was die kleine Mary anbelangt, so habe ich schon angedeutet, daß ihr Gatte nach siebenjähriger Ehe schon vom Darmkrebs geholt wurde und sie als Fürstin-Witwe jenes kleinen Balkanstaates zurückließ, den wir, »den Gesetzen internationaler Courtoisie folgend«, unter dem Namen »Labrador« verbergen wollen.

Da war sie denn also Herrin über fünf Millionen halbwilder Menschen, die von Schweinemast en gros, von ein paar schlechten Petroleumquellen, vom Grenzschmuggel nach der Türkei hinüber und vom Hammeldiebstahl lebten . . ., Herrin über eine Liliputarmee und eine aus drei asthmatischen alten Kreuzern bestehende »Flotte«, für die sie die Offiziere aus allen Marinen der europäischen Staaten . . . mit Vorliebe wohl auch aus der ihres Heimatlandes bezog. Im ganzen eine kleine korrekte konstitutionelle Balkanfürstin von weltberühmter Schönheit. Und nur das eine noch wäre zu erwähnen, daß sie ein wenig zart und anfällig geworden war. Daß ihre Lungen das skythische Klima ihres Landes nicht recht vertrugen, und daß sie eigentlich jeden Winter in Ägypten zubringen mußte . . .

Was aber den langen Cradock betrifft, so hatte es gleich nach der eben beschriebenen Hochzeit ein etwas voreiliges Ende genommen mit seiner Laufbahn in der großen Flotte. Daß er mit allen seinen verwegenen Wetten und Poloponys und seiner heillosen Passion für Roulette und Baccarat sein ziemlich beträchtliches Vermögen in anderthalb Jahren vertan und vermöbelt hatte und bis zum Hals in Schulden stak, das war nur der eine Grund gewesen. Daß er aber dann (kurz vor dem Weltkriege!) als Dritter Offizier des kleinen Kreuzers »Thunderer« im Hafen von Bangkok in Siam in stark angeheitertem Zustande die im Po-Wat-Tempel gehaltenen heiligen Tempelkatzen mit Hilfe von Baldriantropfen auf die Straße gelockt und zu einem in der buddhistischen Religion durchaus nicht vorgesehenen Konzert veranlaßt hatte: das war der Streiche zuviel gewesen. Ernsthafte diplomatische Verwicklungen hatte es damals wegen dieses Frevels gegeben zwischen den Regierungen von England und Siam. Und dann hatte auch die Herzogin von Fife ihrem als Dritten Seelord im Flottenamt sitzenden Vetter einen Besuch gemacht in ihrer Eigenschaft als Protektrice der internationalen Liga für Katzenzucht und Katzenschutz: da war denn der lange Cradock (der ja sowieso eigentlich kein Brite von Geblüt war!) in weitem Bogen und für alle Zeiten hinausgeflogen aus dem Dienste in der königlichen Flotte.

Zu berichten ist, daß er, der internationale Abenteurer, während des Krieges durch die üblen Gebiete am mittleren Kongo sich mühselig mit einer Expedition durchschlug, von der außer ihm nur zwei zum Skelett abgemagerte Träger und sein Terrier »Quidam« zurückkehrten. Zu berichten ist ferner, daß er sich im Jahre 1918 in Betschuana-Land mit den allerletzten Vermögenstrümmern eine Farm kaufte und Schafe züchtete. Daß er für zwei weitere Jahre verschollen blieb für die große Welt. Bis ihn im Jahre neunzehnhundertundzwanzig eine fabelhafte Schafpest vollends ruinierte und er zum namenlosen Erstaunen aller alten Klub- und Flottenkameraden in San Sebastian aufgetaucht war, wo er mit einem geradezu lächerlichen Betriebskapital in drei Nächten fast die Bank gesprengt hatte, um dann binnen eines besonders tollen Jahres auch dieses recht beträchtliche Sümmchen an den Mann zu bringen: mit dem berühmten Steeplerhengst »Nevermind«, der sich dann beim Derby neunzehnhundertundzwanzig auf dem letzten Sprung das Erbsbein gebrochen hatte. Und mit der fabelhaften Segeljacht »Rhadames«, die er vor Spezia auf die Felsen gejagt hatte. Und endlich mit der alten Passion für Baccarat und sonstiges Spiel und mit großartigen Dotationen für hundert in Not geratene Freunde und Feinde von ehedem und mit seiner notorisch offenen Hand für alle die sonstigen zahllosen Parasiten, die für solche plötzlich vom Monde gefallenen Gelder ja eine notorisch gute Witterung haben.

Item – in einem weiteren Jahre war auch dieses der Bank von San Sebastian abgenommene Geld zu Ende gewesen, und der lange Cradock hatte sich schließlich und endlich darauf besinnen müssen, daß er von Hause aus Seemann war: am Ende des Jahres hatte die (wie gesagt, aus drei asthmatischen Kreuzern bestehende) Marine von Labrador gerade Offiziere gesucht, und da hatte er sich eben um eine Stelle beworben. Hatte wieder einmal Glück gehabt, hatte das Kommando des Kanonenbootes »Persimon« erhalten und war somit Offizier und sozusagen auch Untertan seiner ehemaligen Reitgenossin und Tänzerin geworden. Wobei übrigens zu bemerken ist, daß er sie nie wiedergesehen hatte seit dem Tage ihrer Hochzeit, und daß er, der alte abergläubische Spieler, nur den geschenkten Schleierfetzen als Talisman in allen kitzligen Situationen seines etwas bewegten Lebens bei sich getragen hatte. In Afrika, wo er in seiner entlegenen Farm mit drei weißen Arbeitern zusammen einmal von neunzig bolschewistisch infizierten Kaffern belagert worden war. In Suez, wo er aus dem von Haien wimmelnden Hafen einen aus Liebeskummer über Bord gegangenen deutschen Kellner nach viertelstündiger Katzbalgerei mit dem Tode doch noch herausgeholt hatte. In San Sebastian endlich, wo

ihm, wie gesagt, der größte Baccarat-Coup seines baccaratreichen Lebens gelungen war. So war das. Im übrigen war es gar nicht so einfach, nach einer so glanzvollen Jugend und mit einem unruhigen Abenteurerblut ums liebe Brot zu dienen in der armseligen Marine eines armen, halbexotischen Staates, der die Gehälter notorisch unpünktlich anwies und oft nicht einmal die Kohlen seiner Flotte bezahlen konnte.

Ja, so stand es mit dem langen Cradock. Am sechsundzwanzigsten Februar neunzehnhundertzweiundzwanzig aber – an solch einem Tag, an dem der Frühling zum ersten mal erfolgreich sich mit dem Winternebel herumbalgte –, an diesem Tage also brachte im Hafen von Genua der diensttuende Funker dem Kapitän Cradock ein Telegramm. Der Kapitän Cradock saß gerade bei Tisch mit seinem aus alten Sündern und Abenteurern aller europäischen Staaten zusammengewehten Offizierskorps: der alte Schiffsarzt Crofts war da (ein dicker Schotte, mit dem Cradock sich duzte) ... der Navigationsoffizier Bromley aus Gravesend (wo bekanntlich die größten Spitzbuben der Welt zu Hause sind) ... und der kleine stiernackige Ostpreuße Kries, der so stark war, daß er Tischkanten abbeißen und Fünfschillingstücke zerbrechen konnte. Dann noch der alte Chefingenieur Pavlicek, der noch in der verwehten Seemacht der Habsburger Doppelmonarchie gedient hatte, und endlich noch der blutjunge Williams aus Cornwall, der eigentlich nur »Ja« und »Nein« sagen konnte und seinen Liebeskummer um irgendein kleines Berberiner-Mädchen aus Alexandria in ungeheuren Whiskymengen zu ersäufen pflegte. Es wurde, wie gewöhnlich, scharf getrunken und dann, beim Kaffee, ziemlich hoch gespielt: das Telegramm, das ihm eben überbracht worden war, hatte der lange Cradock zunächst ungeöffnet in den Ärmel geschoben.

Erst nach Tisch, als er allein auf der Brücke noch eine Zigarette rauchte, öffnete er es. Es war ein kurzes Telegramm seiner Regierung, die ihm auftrug, sofort nach Monte Carlo zu dampfen und weitere Befehle dort zu erwarten. Was er dort eigentlich sollte, und wie lange er dort zu liegen haben würde, war nicht gesagt. Er ließ das Monokel fallen und steckte kopfschüttelnd das Papier fort. Als er es in seiner Brieftasche barg, fiel ihm der bewußte Schleierfetzen in die Hand.

9

Es war ein Fetzen Seidentüll mit Silberfäden, die nun schon rot angelaufen waren – er selbst war ein alter, hartgesottener Sünder, dessen Herz nicht eben sentimental genannt werden konnte. Aber da, als der lange Cradock seinen Talisman in der Hand hielt, mußte er doch an jenes rotblonde Haar denken, auf dem dieser Schleier einmal befestigt gewesen war; und an die Besitzerin dieses rotblonden Heiligenscheines, die man seit zehn Jahren nicht gesehen hatte, und die nun »oberste Kriegsherrin« und »grundgütige Landesmutter« war. Und in diesem Augenblick, wo der lange Cradock zum ersten Male wieder an seine kleine Tänzerin von einst dachte, da geschah ringsum in der spätwinterlichen Hafenbucht etwas Seltsames und beinahe Aufregendes . . .

Es war eine scharfe Bö, die vom offenen Meer hineinfuhr in den griesgrämigen Tag und die Nebel über den Höhen lockerte und zum ersten mal so etwas wie Sonne hineinließ in den traurigen Nachmittag. Es war nichts weiter als der erste entscheidende Frühlings-Schirokko, der sich am Südhimmel meldete. Aber er war geladen mit Sonnenfeuer und Meereshauch und wußte von dem glühenden Granit des fernen Atlas und von den Fanfaren nordwärts ziehender Kraniche und den Brunstschreien numidischer Stuten und den Brautliedern der westlichen Berberstämme an der roten Afrikaküste.

Solch ein verbuhlter Wind war das, und er machte, daß Mensch und Tier und das ganze noch winterliche Genua sofort seine Sprache verstanden. Daß drüben auf dem Kai die mit dem Ausklarieren ihrer Schiffe beschäftigten italienischen Clerks Verdi-Koloraturen in die Lüfte schmetterten und bei den Zollspeichern verliebte Katzen schrien und selbst hier auf der Brücke der mit dem Putzen des Maschinentelegraphen beschäftigte Quartiermeister Jackson ohne Rücksicht auf die Anwesenheit des Kapitäns in hohem Tenor leise zu singen begann.

Der lange Cradock aber, der zum ersten mal wieder ganz bewußt an einen Heiligenschein aus rotblondem Haar und an eine kleine übermütige Jagdreiterin gedacht hatte, steckte seinen Talisman fort und ging mit gerunzelter Stirn in seine Kabine. Noch immer war er schlank und drahtig wie früher und konnte noch immer für einen schönen Burschen gelten. Das Leben aber war das eines einsamen und nicht mehr so übermäßig jungen Abenteurers geworden. Das Leben war eine Kette von Erinnerungen an gute und schlechte Baccarat-Tage, an schwarze, weiße, braune, gelbe und selbst grüne Weiber aus allen Strichen des Globus . . ., an Spelunken in Yokohama und in Kapstadt, an zahllose Blenton- und Ginfizz- und Chocolate-Cocktails. Das Leben war ein wenig ärmlich geblieben, und manchmal begann schon ein etwas kalter und scharfer Wind von seiner Bühne zu wehen. Der Steward Blix erzählte an diesem Abend seinen Kameraden, daß der Kapitän heute lange vor seinem Spiegel gestanden und schließlich ihn (Blix) gefragt habe, ob man hinten bei ihm graue Haare entdecken könne . . .

An diesem Abend gab es übrigens noch einigen Krach zwischen dem Kapitän Cradock und der Genueser Kohlenfirma Zanelli & Peto, die der fürstlichen Marine von Labrador ohne Barzahlung (denn die Bordkasse war ziemlich leer) Brennstoff partout nicht liefern wollte. Und in der Nacht lief mit ihren letzten, aus den Bunkern zusammengekratzten Kohlen unter den Kesseln die »Persimon« nach Monte Carlo aus. Und erst hier in Monte Carlo konnte dann der Kapitän Cradock tausend für die Schiffskasse telegraphisch angeforderte Pfunde erheben.

Was er sonst noch in diesem mit seinem Karneval auf das intensivste beschäftigten Monte Carlo sollte, konnte er nirgends erfahren.

Auch nicht auf dem fürstlichen Konsulat von Labrador mit seiner mehr als dürftigen Office und dem verblaßten Wappenschild und dem Porträt der süßen kleinen Mary, die nun als Fürstin-Witwe und grundgütige Landesmutter über dem Schreibtisch ihres Konsuls hing.

*

Bis Weihnachten hatte sie, die kleine Fürstin-Witwe, den Winter ihres in Europas Wetterwinkel auf des Teufels Rinne gelegenen Landes leidlich vertragen. Im Januar war auf Wintergewittern von unwahrscheinlicher Heftigkeit und auf groben Schneestürmen eine schwere Grippe dahergefahren gekommen, hatte sie, die ehedem so gesunde kleine Mary, für Wochen aufs Krankenlager geworfen: da hatten die Ärzte zuerst Madeira und dann, im Hinblick auf die ernstlich affizierten Lungen, sogar eine längere Überseereise verordnet. Da aber der

Verwalter der etwas mageren fürstlichen Schatulle (irgend so ein fetter armenischer Anwalt) ein Veto eingelegt hatte, so hatte die kleine resolute Patientin sich wieder mit Ägypten begnügt und hatte ausgerechnet, daß erhebliche Kosten sich ersparen ließen, wenn man zur Überfahrt einen der gerade im Mittelmeer liegenden alten Kasten von der fürstlich-labradorischen Kriegsmarine beordere. Die alte Gräfin Hensbarrow (noch aus London importiert und einzige »Palastdame« Ihrer Hoheit und über die alten Flirtgeschichten mit Cradock noch gut unterrichtet) hatte zwar protestiert, hatte, als der gerade in Genua liegende alte Kreuzer »Persimon« in Betracht gezogen war, unverblümt Ihre Hoheit auf das wenig Schickliche dieses Projektes aufmerksam gemacht . . . hatte sogar zu verstehen gegeben, daß sie in dem diesbezüglichen Plan nur einen Vorwand Ihrer Hoheit sähe, diesem Cradock (der doch nicht einmal Brite von Geburt war!) wieder zu begegnen.

Geholfen hatte dieser Protest nicht im mindesten. Gegen die Energie der kleinen Hoheit hatte man eben wieder einmal nicht ankommen können, und so war dem in Genua ankernden Kreuzer »Persimon« (Kapitän Cradock) der Befehl gegeben, am siebenundzwanzigsten Februar neunzehnhundertundzweiundzwanzig Monte Carlo anzulaufen und dort weitere Befehle zu erwarten. Zweck und Ziel dieser Fahrt waren in dieser Order mit keinem Worte angegeben: Ihre Hoheit hatte streng befohlen, die Ägyptenreise und ihre beabsichtigte Anwesenheit an Bord geheimzuhalten, und hatte sich auch jede besondere Vorbereitung des Schiffes verboten.

Am fünfundzwanzigsten Februar schon waren als Avantgarde in Monte Carlo im Hotel de Paris fünf große Koffer angekommen . . . Ledergebirge von einer altmodischen uneuropäischen und beinahe schon barbarischen Solidität, und der Portier Chazel hatte auf »russische Aristokratie mit mäßigem, in die Schweiz gerettetem Vermögen« geraten. Dann war am Morgen des sechsundzwanzigsten die Zofe Susan gekommen, hatte für zwei Damen Quartier gemacht, hatte die zwei Zimmer der einen Dame in der dritten Etage und die der jüngeren seltsamerweise in der ersten gewählt; hatte die Preise des Hotel de Paris als ungebührlich hoch bezeichnet und den Portier Chazel in der Annahme »emigrierte russische Aristokratie mit mäßigem, in die Schweiz gerettetem Vermögen« nur bestärkt. Zum Schluß

freilich, als mit dem Mittagszuge von Mailand die beiden Damen eingetroffen waren, hatte der alte Chazel diese seine Diagnose wieder verworfen. Engländerinnen waren die beiden, da die jüngere die Zimmerpreise sofort um zwanzig Prozent heruntergehandelt hatte, sicherlich. Die etwas phantastisch klingenden gräflichen Titel waren sicherlich Decknamen, und nur das eine war dem alten Routinier unklar, in welcher illustrierten Zeitschrift er schon das Gesicht der jüngeren, der kleineren mit dem Helm aus kupferrotem Haar und dem etwas knabenhaften Gesicht gesehen haben mochte: der alte Chazel beschloß, sich bei dem Barmixer zu erkundigen, der als ehemaliger österreichischer Dragoneroffizier als Autorität für berühmte Schönheiten der internationalen Aristokratie gelten konnte.

So war also der Einzug gewesen im Hotel de Paris. Vor dem etwas verspätet servierten Luncheon lag man wohlverpackt in den Liegestühlen des Balkons, sah ein wenig sehnsüchtig hinunter in den tobenden Mittagskorso dieses nun doch etwas heruntergekommenen Monte Carlo. Unter dem Balkon klapperten eifrig gelbrote Sonnendächer im Seewind, und unnatürlich nahe stand in den dunklen Katarakten von Lorbeer und Feigen und Myrten der braune Granit des Gebirgsstockes. Und ziegelrote und kobaltblaue und gurkhafarbene Limousinen zogen vorüber auf der großen Autostraße nach Cannes und Antibes mit ihrer Last von Chicagoer Schweinemetzgern und Berliner Großverdienern und mimosenhaft zarten und müden Luxusweibern, und in das vielstimmige Geschrei ihrer Sirenen mischten sich wieder die langgezogenen Rufe der kleinen Liftboys bei dem Elevator unten an der See. Monegasser Fischer, braun und statuenhaft wie antike Hirten, ließen sich begaffen von lodengepanzerten sächsischen Provinzialen, und aus den großen Hotels die kleinen dienstfreien Zimmermädel zwitscherten und kicherten unter primitiven Masken und wiegten sich in schwarzbespannten Hüften, Arm in Arm mit den Urlaubsmatrosen der Flottenstation von Cap d'Antibes. Seehauch kam, beladen mit dem Parfüm der nahen Exotik. Sehnsucht kam ihr, der doch noch so jungen kleinen Hoheit, etwas noch zu erhaschen von der allzu früh und allzu jäh beendeten Jugend . . . Sehnsucht, mitzutun mit den jungen, fröhlichen Menschenkindern, als unerkannte Maske mitzuschwimmen in dem Strom, von dem man ja nicht unbedingt zu wissen brauchte, wohin er trieb. So beschaffen also waren zur Stunde die Wünsche der kleinen Mary – ich glaube, daß in dieser Stunde schon der Plan entworfen wurde zu dem, was dann im Laufe des nächsten Tages einiges Leben brachte in dieses etwas schläfrig, etwas verstaubt, etwas provinzial gewordene Monte Carlo.

Sie, die alte Violet, tat das, was sie eigentlich immer tat: sie jammerte ...

Sie jammerte über die Uneleganz von Monte Carlo. Sie jammerte, daß man nicht in Cannes oder wenigstens in Nizza abgestiegen war, und sie jammerte vor allem, daß man nun auf ein primitives Kriegsschiff müsse, und daß das Ganze ja doch nur ein Vorwand Ihrer Hoheit sei, die ihren alten Flirt Cradock wiedersehen wolle ...

Sie, die kleine Mary, hörte nicht weiter darauf und beäugte mit dem Glas lieber die kleine Rauchwolke, die im Südosten zu sehen war. Serviert wurde schon, als aus der Rauchwolke zuerst ein kleines silbergraues Schiffchen und dann ein wirklicher Kreuzer geworden war mit zierlichen Miniaturkanonen und zwei pathetisch qualmenden Schornsteinen und der fürstlich-labradorischen Flagge am Stock. Der Nachtisch wurde schon aufgetragen, als dieses kleine Spielzeug unten zu Anker ging. Da hatte die kleine Mary sehr resolut erklärt, daß »Eio-Mammy« (so nannte sie, seit Babytagen schon, ihre alte einstige Erzieherin) ... daß »Eio-Mammy« jetzt müde sei von der Nachtfahrt und unbedingt schlafen müsse. Und als die alte Violet dann wirklich und übrigens nicht ohne boshafte Stichelei auf diese übertriebene Sorge um ihren Mittagsschlaf das Feld endlich geräumt hatte, da war die kleine Mary aufgesprungen und war hinuntergelaufen zu dem großen Fernrohr auf der Frühstücksterrasse. Die dunklen Massen auf den Ankerwinden bei der Back, das waren fürstlich-labradorische Matrosen und mithin (was sie mit einem etwas ironischen Lächeln vermerkte) ihre Landeskinder. Dann hatte unten das Schiffchen diese dunklen Massen wieder eingesogen in seinen Silberleib, und dann hatte es ein Boot heruntergelassen, das vorläufig wie ein kleines gelbes Entenjunges neben dem Leibe der Mutter schwamm. Endlich aber, nach langem und hastigem Suchen, war da ganz oben auf dem Kompaßdeck in schneeweißer Sommeruniform ein

schlankes, elegantes Figürchen zu entdecken gewesen. Das Figürchen aber lehnte mit untergeschlagenen Armen in einer lässigen, der kleinen Mary gut bekannten Haltung an der Reling, verschwand und tauchte wieder auf und verschwand dann definitiv in dem Menschengetümmel der Decks. Als dann nach zehn Minuten das Boot sich trennte von dem Leibe der Mutter und über die Bucht auf die Landungsbrücke zugeschwommen kam: da war die kleine Mary atemlos in ihr Zimmer gestürmt und hatte die Zofe Susan in die obere Etage geschickt und erkunden lassen, ob die alte Dame schon schlafe. Dann, als es sich ergeben hatte, daß »Ihre Exzellenz« wie ein Sägewerk schnarche, da hatte man sich für zehn Minuten eingeschlossen mit der Zofe. Und wieder zehn Minuten später hatte der Portier Chazel, der sich als welterfahrener Mann über nichts mehr wunderte, einen schwarzmaskierten Domino blitzschnell die Halle passieren und in dem Menschengewühl beim Café drüben verschwinden sehen.

Dominos gab es heute am Faschingdienstag an sich in genügender Anzahl in Monte Carlo. Bei diesem hier, den der alte Chazel in Figur und Bewegung mit der jüngeren der beiden gestern angekommenen mysteriösen Damen in Verbindung bringen mußte ... bei diesem hier versprachen weitere Recherchen immerhin interessante Resultate. Die beiden Pagen nämlich, die der Alte hinter dem seidenen Phantom hergeschickt hatte, berichteten einstimmig, daß sie den Domino hinter der Rue de la Constitution aus dem Auge verloren hätten.

An der Grenze der gänzlich indiskutablen Altstadt also, wo, nebenbei gesagt, das ziemlich ärmliche Konsulat des Fürstentums Labrador lag.

II.

Was aber den Kapitän Cradock angeht, so war er, wie schon berichtet, sofort auf dieses ärmliche Konsulat gegangen, hatte dort sein Geld zur Wiederauffüllung der leeren Kohlenbunker und der leeren Schiffskasse behoben, hatte in der verräucherten Office das Bild seiner Herrin gesehen, hatte nichts ... aber auch gar nichts über den mysteriösen Grund dieser mysteriösen Order erfahren und war wieder gegangen.

Im Kasino, wohin er ganz automatisch sich begeben hatte, war es offensichtlich noch zu früh: müßige Saaldiener rekelten sich herum in ihren olivgrünen Uniformen ... ein schlanker älterer Herr in etwas abgeschabtem Dreß überzählte in einem Winkel mit sorgenvollem Gesicht seine Barschaft ... in einem der Säle handhabten gähnende Croupiers vor dicken Pfahlbürgern aus dem Limousin zum Einsatz von drei Gulden die Roulette. Das Ganze machte den gespenstischen und übernächtigen Eindruck eines Nachtcafés, das man zu früh betritt – der Kapitän Cradock ging wieder.

Er ging die Rue de la Paix entlang. Nun, nach dem Verebben des offiziellen Faschingszuges und in der hereinbrechenden Dämmerung war es ganz und gar der Karneval der kleinen Leute geworden: Arbeiter aus den Marmorbrüchen und den Ölpressen waren erschienen ... Fischer und ältliche Kokotten, Marseiller Spießer und italienische Schiffsjungen mit wiegenden Hüften und unheiligen Lastern in den übergroßen Samtaugen ... wieder angetrunkene Matrosen, und vor allem in ihren zerlumpten Uniformen die entlassenen Negersoldaten des französischen Heeres: hellhäutige Marokkaner und Madagassen und massige Senegalesen mit blinkendem Raubtiergebiß im Fleischtrichter der Wulstlippen und den tieftraurigen Augen gefangener Affen. Dieser johlende, kichernde, singende Zug also trieb durch die Rue de la Paix, wo rechts und links in blinkenden Vitrinen Kleider von Poiret und Handschuhe von Roguin & ses fils und Geschmeide und Seidenfetzen und Schminkbüchsen und verliebte Niedlichkeiten für den Gebrauch von New-Yorker Shopkeeper-Töchtern ausgestellt waren. Dort aber, wo die Firma Lebas die schwarze Samtfläche ihrer Auslagen mit nichts als einem einzigen, ganz erlesenen Perlenkollier bedacht hatte: dort begann dann das, was in den nächsten vierundzwanzig Stunden die Menschen dieser Geschichte in einem ziemlich tollen Wirbel durcheinanderhetzen sollte ...

Was dort lag, war wirklich nichts anderes als ein einziger Schmuck. Müde Farben spielten über das livide Weiß der Perlen, küßten und umwarben einander, bis es, schmächtiger werdend, wie Frauentränen sich verlor in den schwarzen Samtfalten. Ein Preis war wohlweislich nicht angegeben, ein Zettel verkündete, daß das Kollier aus dem Besitz der kaiserlich russischen Familie stamme, daß es von den Bolschewiken ausgeboten und in Paris von Lebas ersteigert sei: der Kapitän Cradock aber wurde, als er diesen Zettel las, aufgeschreckt von einem heftigen trockenen Frauenhusten. Als er dann aufsah, stand neben ihm in schwarzem Domino und schwarzer Maske ein weibliches Wesen, das, ohne weitere Notiz von ihm zu nehmen, gleich ihm den Schmuck besah.

Bei jedem Manne aber gibt es Erinnerungen an allererste Liebesabenteuer, die oft nach Jahrzehnten erst an unsere Tür pochen und dann meist um so gröberen Unfug anrichten in unserem Leben. Als Midshipman hatte vor siebzehn Jahren der lange Cradock in Port Said sich in ein kleines Arabermädchen namens Kaina verliebt. Geschichten, die in Port Said spielen, sind immer mehr oder minder unpassend, und ich will von dieser nicht mehr erzählen, als daß sie begonnen und geendet hatte, wie solch exotische Liebschaften immer enden. Daß das Schiff eines Tages weitergefahren und daß eines Tages alles zu Ende gewesen war. Das aber, was nun hier vor dem Schaufenster von Lebas den Kapitän Cradock befiel, das war eben die rein bildmäßige Erinnerung an jenes Arabermädchen Kaina. Derselbe überschlanke, fast knabenhafte Wuchs. Dieselben Bewegungen und vor allem derselbe adlige, blütenstengelzarte und kühne Nacken. Und das, was in diesem Augenblicke jäh hervorbrechender Jugenderinnerungen ihm durch den Kopf schoß, das war der Gedanke, daß zu diesem adligen Nacken unter allen Umständen dieses Kollier gehöre. Im gleichen Augenblick aber, als er es gedacht hatte, da hatte der Domino sich abgewandt. Da er aber ein ihm geltendes Lächeln bemerkt zu haben glaubte, so hielt er sich für berechtigt, in gemessenem Abstand zu folgen. Durch das Faschingsgejohle des Boulevard du cinquième avril zur Place du commerce, und von dort weiter bis über das Institut für Meeresforschung hinaus. Bis er sie dann überraschenderweise verschwinden sah in jenem Stadtteil, der von der einheimischen Fischerbevölkerung »Marina« genannt wird.

Es gibt dort hinten so ein Ur-Monte Carlo, das im Bädecker nicht besonders verzeichnet ist, und das die Bewohner der großen Hotels kaum zu sehen bekommen. Ein paar Gassen, eng wie Flintenrohre und steil wie Hühnerstiegen ... alles aus der Zeit,

13

wo es noch keine Hotels und kein Kasino und keine Rouletteeinnahmen hier gab und das fürstliche Haus von Monaco sich noch nicht für Tiefseeforschungen, sondern für den ehedem hier blühenden Fisch- und Ölhandel interessierte. Zu bemerken ist, daß es in diesen Gassen durchaus nicht nach den Parfümen von Houbigant riecht, und daß ihre Bewohnerinnen sich nicht von Poiret kleiden lassen und ihren Schmuck auch nicht bei Lebas & ses fils beziehen. Ich glaube nicht einmal, daß es vereinbar mit den Geboten der Schicklichkeit wäre, nach dem jetzigen Zwecke der hier stehenden, in rosa, bleu, picasso- und pfefferminzschnapsgrün gemalten Häuser zu fragen. Ich glaube auch nicht, daß eine distinguierte Dame guttut, just diesen Ortsteil für ihre Abendpromenade zu wählen, weiß aber andererseits, daß distinguierte Damen oft recht seltsame Launen haben, und daß diese ganze tolle Geschichte nun einmal, auf solch seltsame Einfälle gestellt ist: genug, es war dieser ungehörige Ortsteil, in den der Kapitän Cradock jenen Domino verschwinden sah . . .

Er war nun doch etwas überrascht. Er hatte sie vorhin vor dem Schaufenster wohl beobachtet. Da zwischen Maske und schwarzer Kappe ein rotblonder Schopf hervorgelugt hatte, so war sie keine jener kleinen Negressen, die jetzt, nach dem Kriege, von Marseille aus die Mittelmeerstädte überschwemmten. Da sie beim Gang durch das Karnevalsgejohle immerhin die Bewegungen und die Haltung der Dame gezeigt hatte, so war sie erst recht keine Bewohnerin jener rosenfarben und pfefferminzschnapsgrün gestrichenen Häuser. Und da sie nicht in diesen verrufenen Stadtteil gehörte, so hatte sie sich eben verirrt, und da sie sich verirrt hatte, so war es ein simples Gebot der Ritterlichkeit, sie gut im Auge zu behalten: der Kapitän Cradock hatte somit doppelt ernsthafte Gründe, dem Domino in den Stadtteil Marina zu folgen.

Hier, in diesem Fuchsbau, hatte er sie zunächst aus den Augen verloren. Die Gasse, eng wie eine Dachsröhre, wand sich in steiler Krümmung bergan – die Häuser, finster wie Burgen, ließen oben nur ein karges Streifchen Himmel frei. Es roch, wie es immer riecht in alten Mittelmeersiedlungen – nach Katzen, nach Gorgonzola, nach Baldrian, nach gotischem Unrat. Am Eingange dieses Schlauches wurde aus einer Osteria mit Fußtritten und frommen Segenswünschen ein Betrunkener auf den Kehricht geworfen, mit monotonem Weinen saß auf einer Schwelle ein zerlumptes Kind, ein Fuhrmann prügelte mit eisenbeschlagenem Stock seinen Maultierkarren die steile Gasse hinan. Oben, wo der Lärm einer Kneipe zu hören war und eine alte Öllaterne quer über die Straße hing, sah er sie, wie sie stand und mit aller Ratlosigkeit den Weg zu suchen schien. Dann war sie wieder verschwunden. Als er, ziemlich atemlos, oben angekommen war, stellte er fest, daß die Straße als finsterer Sack vor einem zerbröckelnden, lichtlosen Palazzo endete, und daß sie in eine Seitengasse abgebogen sein mußte. Und so, als er sich nach rechts wandte, wo aus der Kneipe die blutrünstigen Septimakkorde eines elektrischen Klaviers zu hören waren: so fand er sie endlich. Dicht vor der Kneipe stand sie. Nicht allein, sondern mit irgendeinem männlichen Wesen. Dem männlichen Wesen aber war eine seidene Dame aus der Oberwelt der großen Hotels gerade recht gekommen. Das männliche Wesen hatte den Domino am Arm gefaßt. Das männliche Wesen erwies sich als ein Farbiger in zerrissenem französischem Waffenrock: es war Zeit, daß die Division Cradock das Schlachtfeld erreichte . . .

Die Präliminarien zwischen beiden Parteien aber, sie waren knapp und erinnerten nur wenig an die Formen der europäischen Diplomatie. »Let her go, nigger!« sagte der lange Cradock, und »shut up!« brüllte die Gegenpartei und streifte sich schon die Ärmel hoch. »Shut up!« aber heißt bekanntlich »Halt's Maul!« und ließ im vorliegenden Falle durchaus darauf schließen, daß die Gegenpartei nicht gewillt war, gutwillig ihre Frauenbeute herauszugeben. Da lagen sie sich im nächsten Augenblick denn auch schon in den Haaren.

Boxen ist an sich eine wunderschöne Kunst – Voraussetzung ist eben nur (weil man sonst furchtbare Prügel bekommt), daß auch der Gegner boxen kann und zu boxen gewillt ist. Der Kapitän Cradock war kein Dilettant in solch schweren Raufereien und wußte, daß man sich in diesem Falle nicht auf legitime Kampfmittel versteifen durfte. Er wählte somit eine Technik, mit der er einmal in Saigon einen amerikanischen Klipperkapitän seinen schwer betrunkenen »Ersten« hatte erledigen sehen: hebe den Gegner hoch, mein Junge, dreh' ihn um und laß ihn fallen und laß für alles weitere die Pflastersteine sorgen.

Er hatte Untergriff. Als er den anderen hoch hob, sah er unter der Hundestirn zwei traurige Tieraugen, und in diesem Augenblick tat dem Cradock das schwarze Tier eigentlich leid. Dann, als er ihn so hielt, begann das Tier zu grölen, und er sah ein breites, höchst ordinäres Marseiller Matrosenmesser über sich gezückt. Da drehte Cradock das schwarze Tier nach unten und ließ es fallen. Es gab einen dumpfen Laut, und da rührte sich das Tier bis auf weiteres nicht mehr.

Hart sind die Schädel der Senegalleute, und zerbrechlich im Vergleich zu diesen Schädeln die Trottoirplatten der europäischen Städte. »Lassen Sie den Unsinn!« schrie der Cradock den Domino an, der sich karitativ mit dem Nigger zu beschäftigen gedachte. Dann machten sie, daß sie herauskamen aus der Rue Solferino, in der länger zu verweilen nicht sehr ratsam war. Ziemlich schnell vollzog sich dieser Rückzug. Vorüber an Dirnen, an Krüppeln mit sagenhaft verunstalteten Fratzen ... vorbei an dem Fuhrmann, der seine Mula nun endlich auf den Gipfel der Gasse geprügelt hatte, und vorüber an dem Betrunkenen, der nun ganz zufrieden auf dem Kehricht saß und von dort aus ein fröhliches, aber männlich-starkes und nicht unter allen Umständen für die Ohren seidener Dominos bestimmtes Lied in die Frühlingsnacht hinaussandte. Und dann, etwas echauffiert und zwischen guter und schlechter Laune, standen sie wieder auf der Rue du commerce.

»Promenieren Sie immer in solchen Straßen?« knurrte böse der Cradock. »Immer, wenn der Kapitän Cradock mein Begleiter ist«, wollte sie eigentlich sagen und ließ es dann doch lieber bleiben und sagte dann nur, daß sie auf dem kürzesten Wege ins Hotel zurückgewollt und sich schmählich verlaufen habe. Da nahm der Cradock, während sie schon die Rue du cinquième avril hinabgingen, ihren Arm und begann, ihr eine scharfe Predigt zu halten.

Daß sich in Kairo dicht beim Fischmarkt eine ganz ähnliche Geschichte ereignet habe mit der Gattin des französischen Konsuls, und erst nach Wochen sei Madame Lagrange aufgetaucht in Alexandria. An einem wenig repräsentablen Orte, in einem wenig repräsentablen Zustand und mit einem wohltätigen Gedächtnisverlust für alles, was sich

inzwischen ereignet hatte mit Madame. Daß diese alten Teile der Mittelmeerstädte schlimme Menschenfallen seien, und daß gar ein Senegalneger wie der Oger aus dem Märchen kleine schwarzseidene Dominos mit Haut und Haaren verspeise. So schwadronierte er im üblichen Überseejargon und war ihr dabei, ohne daß sie dabei einen nennenswerten Widerstand leistete, nähergerückt und holte sich dann (das war schon unter den dunklen Arkaden kurz vor dem Café Flamingo) seinen Retterlohn.

Indem er sie nämlich ohne alles Federlesen auf den Nacken küßte.

Zwei- oder dreimal. Was er übrigens für sein gutes Recht hielt, und was sie sich selbst gefallen ließ mit einem etwas verlegenen Lächeln.

Dann, an der Ecke der Rue de la Paix, wo in der Auslage des Hauses Lebas auf schwarzem Samt der Schmuck des Hauses Romanow leuchtete, fragte er sie, wo und wann sie sich im Kasino treffen würden ...

Daß er heute noch im Kasino spielen würde, war für ihn, da er nun einmal hier war, eine Selbstverständlichkeit, und ebenso selbstverständlich erschien es ihm, daß für den Rest dieses Abends dieser Domino ihm gehörte. Da sagte denn der seidene Domino, daß sie ihn um neun Uhr abends im Palmensaal des Kasinos erwarte, und dann trennten sie sich, und der Cradock sah ihr nach, wie sie ihren Nacken durch das Gewühl der Rue de la Paix trug. Einen königlichen Nacken ... blütenstengelzart und kühn und anmutig zugleich ... eine Herrlichkeit unter den Nacken der Shopkeepertöchter von New York und Chicago: es war selbstverständlich, daß auf diesen Nacken und nur auf diesen die Perlen des Hauses Lebas gehörten. Da beeilte er sich denn, noch zur rechten Zeit zu kommen ...

Bei Lebas freilich wollten sie schon schließen — man war schon im Aufbruch und wurde erst höflich, als der verspätete Käufer nach dem Perlenkollier in der Auslage fragte. Der Cradock ließ die Perlen, die einmal einer Kaiserin gehört hatten, ziemlich nachlässig durch die Hand gleiten und befahl dann, ohne nach dem Preise zu fragen, daß man ihm den Schmuck um neun Uhr abends in den Palmensaal des Kasinos schicken solle, wo auch der Betrag zu erheben sei. Der spitzbärtige Verkäufer, zusammenklappend wie ein Rasiermesser, wollte etwas sagen, wurde aber dahin beschieden, daß der Schmuck fest gekauft sei, und daß er, der Kapitän Cradock, pünktlichste Ausführung seines Auftrages erwarte und es im übrigen sehr eilig habe. Dann ging er.

Eine halbe Stunde später, als er in seiner Kabine vor dem Spiegel seine Krawatte knüpfte, fiel es ihm wohl ein, daß er ja keine Ahnung von dem Preise habe. Gleich darauf dachte er schon an ganz andere Dinge: seit wann fragte denn auch ein Kavalier nach dem Preise, wenn er eine schöne Frau beschenken konnte, und wozu gab es für einen alten Hasardeur, wenn er wirklich Geld brauchen sollte, Rouletten in Monte Carlo?

An die Preisfrage, wie gesagt, dachte er nicht mehr und beendete, die Rigolettoarie pfeifend, seine Toilette und konstatierte befriedigt, daß die Taille noch mehr als tadellos war, und daß sich auch noch kein graues Haar finden ließ an den Schläfen. Durch das Kabinenfenster schienen aber nun schon längst wie schöne helle Diademe die Lichter des Kasinos, und das »Ascenseur« der Liftboys beim Elevator am Bahnhof kam durch die laue Nacht.

Auf der zweiten Silbe betont ... ascénseur ... kapriziös und lockend. Und der Cradock trieb die Bootsgäste zu rascherer Fahrt an, als er sich übersetzen ließ nach Monte Carlo.

III.

Was aber Violet Counteß Hensbarrow, ehemalige Erzieherin und nunmehrige erste und einzige »Palastdame« der Hoheit von Labrador, betrifft, so war sie empört. Schlechterdings und geradezu empört.

Bis in den Frühlingsabend hinein hatte sie nach der strapazanten Reise und dem ausgiebigen Frühstück dem Laster des Nachmittagsschlafes gefrönt, war um sieben Uhr erst erwacht, hatte eine halbe Stunde mit bleischwerer Müdigkeit und mit offenen Augen dagelegen, hatte mit dieser Anwesenheit in Monte Carlo und mit der ganzen Ägyptenreise ihrer Herrin gehadert. Erstens ging man heutzutage nicht nach Monte Carlo, sondern nach Cannes. Zweitens fuhr man nach Ägypten nicht auf einem für die Anwesenheit zweier Damen gar nicht vorbereiteten

Schiff. Drittens aber und viertens und fünftens: man ging nach Ägypten nicht auf ein Schiff, das dieser Cradock kommandierte. Einmal war dieser Cradock kein Brite von Geburt, zweitens war er ein berüchtigter Abenteurer, Spieler und Hasardeur, drittens hatte er, was die alte Violet durch den heute noch im Flottenamt tätigen Vetter Percy ganz genau wußte, in Siam heilige Tempelkatzen mit Baldriantropfen närrisch gemacht. Schließlich aber hatte man schon vor Jahren über ihn und die kleine Mary in London allerlei gemunkelt. Folglich war dieses ganze Abenteuer und die Fahrt auf dem Kreuzer »Persimon« nur ein Vorwand, einen alten Galan wiederzusehen, und folglich war ein Skandal im Anzug Mit dieser trüben Erkenntnis hatte sich die Gräfin von ihrem Lager erhoben. Eine halbe Stunde später, während die ältere und nicht mehr übermäßig schlanke Dame sich vergeblich um das Schließen ihrer silbergestickten Abendrobe bemühte, war etwas geschehen, was die schlimmsten Befürchtungen wahr machte.

Hereingewirbelt ins Zimmer kam in der Laune eines eben in die Ferien entlassenen Schulmädchens die Hoheit von Labrador, setzte sich (was mit den Geboten des Anstandes unvereinbar war) auf das noch nicht zurechtgemachte Bett ihrer alten Hofdame, schlug die Beine übereinander, paffte eine ihrer unleidlichen Zigaretten ins Zimmer und erzählte, nachdem die alte Violet die Zofe schleunigst hinausgeschickt hatte, daß sie – die regierende Fürstin-Witwe von Labrador – soeben als Domino maskiert den Karnevalskorso besucht habe und mit dem Kapitän Cradock zusammengetroffen sei.

Daß sie mit ihm ein amüsantes Abenteuer in der Altstadt bestanden habe und von ihm dreimal geküßt worden sei. Zweimal auf den Nacken und einmal auf den Hals – »Kuß auf den Mund« wurde trotz strenger Inquisition geleugnet. An diese Mitteilung hatte sich eine ernste, längere Aussprache beider Damen angeschlossen.

Zu erinnern ist daran, daß die alte Violet vor nun schon zwanzig Jahren die Erziehung ihrer jetzigen Herrin überwacht hatte, daß sie sich unter vier Augen duzten, und daß diese Beziehungen der alten Dame in solcher Aussprache einen durchaus degagierten Ton gestatteten. Ob sie denn wenigstens diesen ungeheuren Verstoß sofort entsprechend geahndet habe, fragte die alte Violet: da hatte die kleine Mary sich geschüttelt vor Lachen und geantwortet, daß er sie ja gar nicht erkannt habe, und daß sie ihn selbstverständlich nach dem Dinner – maskiert natürlich – im Palmensaal des Kasinos treffen werde. Ob sie sich denn nicht ihrer Stellung, ihrer fürstlichen Würde bewußt sei, hatte die empörte alte Dame gefragt: da war die kleine Hoheit in den Harnisch geraten und hatte sogar mit dem Fuß gestampft und sehr energisch erklärt, daß es genug sei, mit achtzehn Jahren an einen abgelebten Greis verheiratet und mit fünfundzwanzig Witwe zu werden und das ganze Jahr über Landesmutter zu spielen.

Daß sie jetzt nicht Staatsoberhaupt, sondern ein schwarzseidener Domino sei, erklärte nachdrücklich die kleine Mary. Und daß auch sie einmal das Recht habe, in Karnevalsstimmung zu sein, erklärte sie ebenfalls. Ob sie übrigens, da Susan nun einmal fort sei, der alten Violet die etwas schwer zugehende Taille zuhaken dürfe, fragte sie und fiel plötzlich der alten Dame um den Hals und versicherte, daß gar nichts . . . aber ganz bestimmt auch gar nichts passieren werde, und daß sie sich eben nur einmal einen einzigen Tag austoben wolle, und daß die »liebe alte Eio« ganz beruhigt sein könne. Als dann aber die »liebe alte Eio« fragte, ob sie denn etwa diesen entsetzlichen Cradock, diesen Flaneur, Hasardeur und Baldrianer, noch liebe, da hatte die kleine Hoheit einen trotzigen Mund gezogen und geschwiegen. Gesprochen wurde von dem »Komplex Cradock« bis auf weiteres nicht mehr. Das Dinner verlief mit »Hoheit« und »liebe Gräfin« ziemlich wortkarg, und dann war man – eine halbe Stunde vor der mit Cradock verabredeten Zeit – ins Kasino gegangen.

Der Karneval aber, der draußen gegen das Kasino brandete, er schickte seine großen und kleinen Wellen bis hierher in die Roulettesäle. Oben in den Räumen des Baccaratklubs hatte man eine Maskenredoute, und als Geishas und Pierretten und silbrige Rokokodamen zwitscherten kleine ätherische Amerikanerinnen durch die Gänge. Im übrigen war es hier bei der Roulette das übliche Bild: ein bekannter Jazzkomponist aus Boston hatte siebenhundertsechzig Dollar gewonnen, ein alter schwedischer Gutsbesitzer mit dem bekannten bombensicheren Spielsystem war nun schon so weit, daß er sich te-

legraphisch Geld kommen lassen mußte . . . in einem Winkel machte ein Herr aus Basel seiner Gattin erregte Vorwürfe wegen eines Spielverlustes von zwölf Gulden. Sonst gab es noch die üblichen jungen Polen mit edler Schwermut im Antlitz und kleiner Hochstapelei in der Vergangenheit . . . dann einen indischen Talmifürsten, zwei japanische Studenten, einige Sachsen mit heimlicher Netzwäsche hinter dem Smokinghemd. Endlich aber und vor allem ältliche fette Russinnen, die in der Bar zuviel »Ginfizz« getrunken hatten und sich nun zuviel degagiert benahmen. Pause war eben bei der Roulette, und die Croupiers rechneten ab vor dem Schichtwechsel, und das ganze, wirklich etwas spießige Publikum dieses aus der Mode gekommenen Kasinos flutete für eine Stunde hinaus in die Bar, in die warme Nacht, auf die Terrasse und auf den Korso. Es wurde leer im Saal, die beiden Damen hatten sich die Cocktails hinter der Palmengruppe servieren lassen.

Die kleine Mary war aufgestanden und auf die Terrasse gegangen, träumte hinaus in die laue Frühlingsnacht. Unten die Bucht lockte mit Mondlicht und kleinen goldenen Kräuselwellen. Der kleine silberne Kreuzer, der dort unten vor seinen Ankern schwamm, schickte die schöne volle Stimme seiner Sirene über das Wasser, und das kleine Boot, das sich nun loslöste von seinem Leibe, das mochte schon ihn tragen. Ihn, den berüchtigten, schlimmen Cradock. Den Abenteurer Cradock. Den Gottseibeiuns Cradock . . . Ein kühlerer Luftzug kam plötzlich von den Bergen her, fiel auf die nackten Schultern, reizte die noch immer angegriffenen Lungen. Bitterböser Husten kam. Die alte Violet brachte den Umhang und bestand darauf, daß sie wieder in dem heißen Saal unter den Palmen Platz nahm.

Sie saß verdrossen vor ihrem Glas, sie schwieg trotzig. So lustig war es gewesen, eine kleine Inkognito-Fürstin auf Ferien, ein unbekannter Domino zu sein. Dann war die alte Violet gekommen mit ihrer Moralpauke und ihrer Schicksalsfrage, ob man diesen Cradock liebe, und seither hatte man eigentlich die ganze Unbefangenheit verloren: an die nutzlos verwehte Jugend mußte sie denken, an diese alberne Ehe mit einem schütteren Lebegreis, an die lächerliche Operette des kleinen Balkanstaates, an das »Palais«, das eigentlich nicht viel mehr als ein umgebauter Pferdestall war. An die schäbigen Livreen ihrer Bedienung, an ihren »Oberstzeremonienmeister« mit den blankgescheuerten Hosen, an ihre alte dicke Violet mit dem permanenten Tröpfchen an der Nasenspitze . . .

Daran mußte sie denken. Schwermut war gekommen. Das Gefühl eines ungenützt verstreichenden Lebens, die allererste Vorahnung vorzeitigen Alterns. Dreiviertel neun war es und mithin noch eine Viertelstunde vor der verabredeten Zeit, als sie draußen in der Bar zwei laute Männerstimmen hörte. Die eine – der tiefe Baß eines wahrscheinlich ältlichen und wohlbeleibten Menschen – war ihr unbekannt. Die zweite mit dem unbekümmerten und etwas jungenhaften Lachen, die gehörte ihm, dem langen Cradock. »Hierher«, flüsterte sie der alten Violet zu und zog sie hinter die grüne Wand der Palmen. »Daß du mir nicht das Spiel verdirbst«, zischte bitterböse die kleine Hoheit und setzte die Maske auf. Als sie sich eben verkrochen hatte in den großen Ledersessel, ging drüben die Tür auf. Mit seinem Schiffsarzt Crofts kam der Kapitän Cradock.

Der Doktor hatte noch immer im Café de Paris über dem »Manchester Guardian« gesessen, hatte sich dann seinem Kapitän etwas unerwünschterweise angeschlossen und war augenblicklich damit beschäftigt, Land und Leute in diesem verfluchten Hafen einer heftigen Kritik zu unterziehen. Die Monegassen, das waren nach Ansicht des Doktor Crofts Neger . . . Neger von einer etwas abweichenden Färbung, aber eben Neger. Das frühlingsfrohe Land ringsum war mit seinen Blumendüften ein Friseurladen, die ganze blütenselige Riviera eine ewige Fruchtsauce, und der Cocktail, der hier serviert wurde, war »amerikanisches Klapperschlangengift«. Der Kellner endlich, der, leise eine Verdikolloratur trällernd, den Cocktail gebracht hatte, das war ein verdammter Operntenor, und die Bewohner der Riviera im besonderen und die von Italien im allgemeinen waren in ihrer Gesamtheit eine »Nation von Heldentenören«. Nach dieser homerischen Schilderung von Land und Leuten fragte der Doktor Crofts, was das eigentlich für ein seidener Domino (und der alte, nicht sehr frauenfreundliche Herr sagte »halbnacktes Biest« statt Domino) gewesen sei, mit dem er heute seinen Kapitän gesehen habe.

Für einen alten Aventurier war der lange Cradock eigentlich ungewöhnlich erregt, als er die Geschichte dieses Nachmittags zu erzählen begann – ging auf und ab mit langen Schritten, trank ziemlich hastig, blieb stehen und trank wieder. Ob Crofts wisse, wie das sei, wenn einen angehenden Vierziger Erinnerungen an allererste Liebesgeschichten befielen, fragte der lange Cradock.

Das wußte der alte dicke Crofts nicht mehr.

»In Port Said«, sagte der lange Cradock und wollte mit seiner Midshipman-Geschichte und der kleinen Araberin Kaina beginnen. Da knurrte der alte Crofts, daß Port Said der unpassendste Ort der Welt sei, und daß alle von dorther kommenden Liebesgeschichten notwendigerweise unpassende Geschichten seien. Nach diesen Vorhalten konnte der Cradock dann endlich mit seiner Beichte beginnen . . .

So also, in ihren Lederstuhl geschmiegt, hörte die kleine Mary die Ereignisse dieses Nachmittags, wie sie sich spiegelten im Gedächtnis ihres alten Galans. Daß ihr Nacken ihn eben doch nur an ein kleines Arabermädchen aus Port Said und an einen allerersten, wenn auch harmlos verlaufenen Kadettenflirt erinnert habe. Daß er sich zunächst einfach in ihren Nacken verliebt habe, und daß es immer eine höchst gefährliche Sache sei, wenn Männer jenseits der allerersten Jugend überfallen würden von den Erinnerungen an allererste, wenn auch harmlos verlaufene Liebesgeschichten . . . Das also bekam die kleine Mary zu hören. Dann kam das Abenteuer in der Rue de la Paix . . . dann die drei Küsse (zwei auf den Nacken und einer auf den Hals) und dann kam das, was sie freilich noch nicht wußte: der Ankauf dieses einzigartigen göttlichen Halsbandes . . .

Angekauft, weil dem Cradock gerade der einzige zu diesem Halsband passende Frauennacken begegnet war.

Angekauft, weil der lange Cradock den Gedanken einfach nicht ertragen hätte, daß dieses Halsband jemals in den Besitz einer anderen Frau, als der gerade von ihm bevorzugten, gekommen wäre.

Angekauft, weil man eben, wenn man wirklich einmal einer ganz schönen Frau begegnete, auch die kavaliermäßigen Konsequenzen tragen mußte.

Das war ja nun ein bodenlos leichtsinniger, ein jungenhafter, ein unerhört ritterlicher, ein echter Cradockstreich – die kleine Hoheit hinter ihren Palmen hätte eben kein Weib sein müssen, wenn in ihr nur ein anderer Impuls als dieser gewesen wäre: die alte Violet hinausschicken, den dicken Doktor zum Teufel schicken, alles Störende fortschicken und alle landesmütterlichen Pflichten vergessen und dem langen Cradock um den Hals fallen . . . in diesem Augenblick geschah jenseits dieser Wintergarten-Botanik etwas, was den Dingen eine ganz andere Wendung gab. –

Ein Diener kam und fragte nach dem Kapitän Cradock und führte hinter sich einen Herrn im Cutaway herein. Der Cutaway kam und sagte, daß er Jarras heiße und im Auftrage der Firma Lebas käme und sowohl dies wie das hier zu überbringen habe. Dann gab er das Päckchen mit dem Schmuck dem Kapitän Cradock, und die Rechnung überreichte er demjenigen, der gerade danach griff. Nämlich dem Doktor Crofts.

Bemerkt muß werden, daß der Doktor Crofts um gute zwanzig Jahre älter und an Bord derjenige war, von dem der Cradock sich ganz gehörig und väterlich den Kopf waschen ließ, wenn es (was ja wirklich vorkam) ein wenig »Holterdipolter« ging in seinem Leben. Im vorliegenden Falle war es mit den beiden so, daß der Kapitän beseligt mit den eingehandelten Perlen spielte und der Doktor sehr wenig beseligt in die Rechnung starrte. »Weißt du, was das Ding kostet?« fragte der Doktor. Daß er das doch unmöglich wissen könne, sagte der Cradock. »Man fragt doch nach dem Preis«, sagte der Doktor. »Man fragt, wenn man einer schönen Frau eine Freude machen kann, niemals nach dem Preis«, sagte der Cradock. Nach dieser Sentenz seines Kapitäns, gegen die sich vorderhand ja nichts machen ließ, sagte der Doktor Crofts zu Herrn Jarras von der Firma Lebas, daß er, ehe der Schmuck bezahlt werde, noch einmal unter vier Augen mit dem Kapitän sprechen müsse. Dann schob er Herrn Jarras zur Tür hinaus, und dann begann zwischen ihm und dem Kapitän ein Gespräch, das an Überraschungen und dramatischen Wendungen nicht gerade arm war. –

»Kassenstand?« knurrte der alte Crofts. »Wieviel hast du bei dir?« Da drehte der Kapitän wortlos die linke Hosentasche um, und es fielen zu Boden neben einigen Gegenständen, die in Herrentaschen sich immer vorfinden und deren Benennung den Geboten der Schicklichkeit widersprechen würde: es fiel also zu Boden die private Barschaft des Kapitäns Cradock.

Elf Pfund, sieben Schilling, sechs Pence. »Zweitausend Pfund, du Windkutscher, kostet der Schmuck«, schrie der Doktor. Da drehte der lange Cradock die andere Hosentasche herum, und da fiel zu Boden die Schiffskasse des Kreuzers »Persimon«.

Zweitausendvierhundert Pfund. Regierungsgelder. Gelder für Mannschaftslöhnung, für dringend benötigte Kohlen. »Damit willst du zahlen?« stöhnte der Doktor. Der Cradock, hingelümmelt mit langausgestreckten Beinen in seinen Stuhl, nickte höchst gleichmütig. »Defraudant!« schrie der Doktor. Der Cradock schwieg. Defraudant war ein allzu bilderreiches Wort, auf das ein Kavalier nicht antwortete. »Deine Ahnen«, stöhnte der Doktor, »werden sich im Grabe herumdrehen!«

Da antwortete der Cradock, daß seine Ahnen im Gedanken an ihren Nachfahren schon seit geraumer Zeit mit sechzig Umdrehungen pro Minute um ihre Längsachse rotierten in ihren Gräbern. Als aber der Doktor fragte, wie er denn eigentlich diese Regierungsgelder wieder ersetzen wolle, da machte der Cradock mit dem Kopf eine nicht mißzuverstehende Bewegung nach dem Spieltisch hinüber und sagte nur das eine Wort »Roulette«. Und als der Doktor die Hände rang, was denn eigentlich werden solle, wenn er an dieser Roulette alles verlöre, da sagte der Cradock das, was er in allen kitzlichen Situationen seines Lebens sich gesagt hatte.

Neunzehnhundertneunzehn, als bei dem bewußten Kaffernputsch neunzig brüllende Nigger seine Farm umstellt hatten. Und zwei Jahre später, als er beim Lizard mit gebrochener Großschote vor dem Oststurm ins offene Meer hinausgetrieben worden war . . .

»Ich verliere nie«, sagte der Cradock und gähnte gelangweilt und hob die Gelder auf und versorgte sie in beide Hosentaschen. Die Privatgelder in die linke und die Regierungs- und Kohlengelder in die rechte. Nach diesem schönen männlichen Bekenntnis, an dem alle Überredungskünste des Doktor

Crofts scheiterten, trat eine neue Komplikation der Lage ein . . .

Der erste Mann, der diese Bühne betrat, war der Leutnant Williams, und der Leutnant Williams hatte ein eben auf der »Persimon« eingegangenes Telegramm in der Hand, hatte den Kapitän bereits überall gesucht, beteuerte, daß es ein dringendes, ein ganz außerordentlich wichtiges Staatstelegramm sei: der Leutnant Williams wurde im Drange der weiteren Ereignisse übersehen und dann mit harten Worten und allen Protesten zum Trotz dahin beschieden, daß er sich samt seinem Staatstelegramm in die Hölle scheren solle.

Der zweite Mann aber war der Barkeeper, und der Barkeeper meldete, daß draußen der Herr Jarras von der Firma Lebas unmöglich länger warten könne und nötigenfalls das bewußte Paket zurückerbitte und in jedem Fall nun endlich Bescheid oder Geld haben müsse.

»Rückgängig machen!« schrie der Doktor Crofts und meinte den Perlenkauf.

»Esel«, sagte sanft der Kapitän Cradock und meinte den Doktor Crofts und schob den Leutnant Williams samt seinem Telegramm zur Seite und ging, um Herrn Jarras zu besänftigen, zur Tür hinaus. Es geschah schon in seiner Abwesenheit, daß hinter der Palmengruppe zwei Damen hervortraten und sich durchaus in diese Angelegenheit mischen wollten. Eine ältliche unmaskierte, die dem ratlos in seinem Sessel verbliebenen Crofts wie ein »ganz angenehmes silbergesticktes altes Krokodil« vorkam. Und dann eine jüngere, die nach Ort, Stunde und Maske niemand anderes sein konnte, als das »halbnackte Biest« des heutigen Nachmittags. Da schnurrte denn das einmal in Gang gekommene Räderwerk weiter.

Sie, die kleine Mary, hatte hinter ihren Palmen natürlich die Entwicklung der Dinge sofort begriffen: das Halsband war für sie gekauft worden, weil ihr Nacken an den eines kleinen Arabermädchens aus Port Said erinnerte. Die Schiffskasse mit den Kohlengeldern sollte geplündert werden, weil das Halsband für die legitimen Mittel eines Kapitäns aus ihrer Kriegsmarine zu teuer war. Und gespielt endlich sollte werden, weil man doch irgendwie das Loch in der Schiffskasse wieder flicken mußte. –

Zuerst hatte sie sich natürlich geärgert. Dann war sie neugierig geworden. Wenn nämlich dieser Cradock gesagt hatte, daß er für eine schöne Frau alles wage, dann mußte man eben sehen, ob es wirklich noch solche Ritter gab in dieser etwas unritterlich gewordenen Welt. Und wenn er gesagt hatte, daß er niemals verlöre, dann lockte eben an seiner Seite das Wagnis. Das Ungewöhnliche und das Abenteuer waren zu der kleinen Mary gekommen nach so und soviel toten Jahren, und da war sie denn aufgetaucht aus ihrem Palmenversteck und hatte die Bühne der Männer betreten.

Das aber, was nun begann auf dieser Bühne, das war ein Spiel, das die Akteure einigermaßen durcheinanderhetzte und für die nächsten vierundzwanzig Stunden wirklich einiges Leben brachte in dieses verstaubte und tote Monte Carlo. Der Kapitän Cradock, wie gesagt, war inzwischen hinausgegangen, um den in der Bar wartenden Herrn Jarras von der Firma Lebas zu beruhigen – aus der Bar hörte man einen Wortwechsel, der Schlüsse auf mancherlei Meinungsdifferenzen zuließ. Der kleine Williams aber hielt noch immer sein Telegramm in der Hand, und der alte Crofts saß als tief gebrochener Mann in seinem Sessel. »Ist Ihr Kapitän immer so feurig?« fragte der Domino. »Bei Seewind sanft wie der Erzbischof von Canterbury«, stöhnte der Doktor Crofts. Und dann, als draußen der Wortwechsel zwischen dem Kapitän und der Firma Lebas zu einem ansehnlichen Fortissimo anschwoll, da sagte er, daß heute leider etwas Seewind sei. Windstärke einhundertvierundzwanzig. Dann nahm er dem armen Williams endlich sein Telegramm aus der Hand und öffnete. Im selben Augenblick trat, ohne die etwas abseits stehenden Damen zu bemerken, in bester Laune der Kapitän Cradock ins Zimmer und erklärte, daß man mit solchen Leuten wie mit diesem Cutaway doch nur ein freundliches Wort zu reden brauche, und das Halsband habe er natürlich sofort bezahlt und . . . Da hielt ihm wortlos der Doktor Crofts das Telegramm hin.

Das Telegramm aber war von derjenigen Behörde, die sich in Labrador etwas stolz »Marineministerium« nannte, und es teilte dem Kapitän der »Persimon« mit, daß morgen, am ersten März, Ihre Hoheit, gegenwärtig von Mailand unterwegs, mit kleinstem Gefolge in Monte Carlo mit dem Nachmittagsexpreß eintreffen und den Kreuzer »Persimon« zur Überfahrt nach Ägypten benutzen werde. Direktester Kurs sei sofort nach Eintreffen auf Alexandria zu nehmen, jedwede besondere Vorbereitung auf allerhöchsten Wunsch zu vermeiden.

Das stand in dem Telegramm. Hinten bei dem verwaisten Spieltisch gab es mit schwarzer Maske und seidenem Domino eine Dame, die den Inhalt des Telegrammes sich ganz gut zusammenreimen konnte und hinter der Maske mühsam das Lachen verhielt. »Die grundgütige Landesmutter kommt«, stöhnte der weiberfeindliche alte Crofts. »Die freudlose Witwe« sagte, unhörbar glücklicherweise für den Domino, der lange Cradock und ballte den Fetzen zusammen und schleuderte ihn auf die Erde. Eine etwas beklommene Stille war im Saal. –

Er rannte auf und ab. Er war wütend. Seit jener Hochzeit in London hatte er eigentlich nur miserable Bilder von ihr gesehen, wußte nicht einmal, ob sie nicht am Ende gar schon verkümmert und ein böser alter Mann in Weiberröcken geworden war. Der Domino aber von heute nachmittag, der war jedenfalls nicht verkümmert und böse und alt, und auf drei Hafentage hatte man ja wohl eigentlich rechnen können, und mindestens drei Spielnächte brauchte er doch wohl auch, um ohne allzu gewagtes Spiel die fehlenden zweitausend Pfund an der Roulette wieder zu verdienen! »Nun wird die grundgütige Landesmutter wohl zu Fuß nach Ägypten pilgern müssen, wenn du ihre Kohlengelder stiehlst«, fauchte in seinem Sessel der alte Crofts. »Weiberwirtschaft«, stöhnte wütend der Cradock und beförderte mit einem Fußtritt das ministerielle Telegramm in die Ecke. Und in diesem Augenblick, als er gerade am Spieltisch vorüberkam, rief sie ihn an. »Kapitän Cradock . . .«

Die beiden abseits stehenden Damen hatte er in der Erregung bislang nicht bemerkt – dazu hatte ihn wohl das Telegramm allzusehr beschäftigt. Daß sie ihn nun unter Nennung seines Namens anrief, das beachtete er im Augenblick nicht – dazu war er viel zu erfreut über das Wiedersehen. »Untröstlich, mich anscheinend verspätet zu haben«, sagte der Cradock und beugte sich (die alte Violet ignorierte er als eine unerwünschte Statistin vollkommen) über ihre Hand. »Unannehmlichkeiten?« fragte teilnahmsvoll der Domino, und man konnte natürlich nicht sehen,

wie sie hinter der Maske mit dem Lachen kämpfte bei dieser Frage . . .

Der lange Cradock aber sagte sich, daß es nach diesem Telegramm doch wohl allerlei Notwendiges zu ordnen gab an Bord. Daß er für das Spiel um Kopf und Kragen nur eine einzige Nacht übrig hatte, daß es besser war, wenn man diesen Kopf vorher frei machte von allen Geschäften und Sorgen. Daß ihn leider allerlei dringlichste und unaufschiebbare dienstliche Angelegenheiten für eine knappe Stunde an Bord zurückgerufen hätten, sagte der Cradock zu Madame.

Daß ihm diese dringlichen und unaufschiebbaren Dienstgeschäfte hoffentlich nicht allzuviel Kopfschmerzen machen würden, antwortete Madame.

Ob er sie denn wenigstens ganz bestimmt hier vorfinden würde, fragte der Kapitän.

Daß sie ihn selbstverständlich hier erwarte, sagte Madame und reichte ihm die Hand zum Kuß. Und damit trennten sie sich einstweilen.

Der lange Cradock aber war, als er nach diesem Gespräch das Kasino verließ, völlig wiederhergestellt in seiner Laune.

Dem alten Crofts, der melancholisch über der ersten Flasche Chateau d'Yquem saß, erklärte er, daß er ein unverbesserlicher Hypochonder und Schwarzseher und ein humorloser Talgmops sei.

Dem kleinen Williams, der in der Bar ganz bescheiden seinen »Deap Sea« trank, gaukelte er noch zwischen Tür und Angel mit »alter Junge« und jovialem Schulterschlag als Folge des fürstlichen Besuches an Bord den Sonnenorden von Labrador oder vielleicht gar ein selbständiges Kommando vor.

Sich selbst aber sagte er, daß die Dinge doch schließlich niemals so schlimm abliefen, wie es anfänglich schiene. Daß er bis morgen ja schließlich auch von James Vanderbilt zum Universalerben eingesetzt oder in Mergentheim der Erbonkel James Cradock von seinen fünf Prozent Zucker geholt sein konnte. Daß ihn das Spielglück bisher noch nie verlassen habe, daß bis morgen noch lange zwölf Stunden waren, und daß diese Stunden ein buntes Abenteuer mit einer schönen Frau bedeuteten.

Das alles sagte sich der lange Cradock, als er das Kasino verließ. Er pfiff den Sussexmarsch und drückte dem Bootsführer als Trinkgeld alle seine Silberschillinge in die Hand. Und war als unverwüstliches Glückskind überhaupt in der Laune jenes berühmten Mannes, dem die Götter in der Wiege bescherten, alle Tage Geburtstag zu haben.

IV.

An Bord erwartete ihn der Funker Bengtson mit einem zweiten Telegramm. Es war (wohl des Inkognitos wegen!) schlicht mit »Mary« unterzeichnet. Es verbat sich für morgen nochmals alle besonderen Vorbereitungen und war vor zwei Stunden in Mailand aufgegeben. Und der Kapitän konnte es natürlich nicht wissen, daß im Auftrage der unternehmungslustigen Hoheit von Labrador der Mailänder Konsul dieses Telegramm aufgegeben hatte . . . daß man ihn düpieren und in völlige Sicherheit wiegen wollte! Er zerriß es in siebenunddreißig Fetzen und sprach zunächst einmal mit dem Chefingenieur. Der Chefingenieur Pavlicek erklärte, daß mit den noch in den Bunkern zu findenden Kohlen allenfalls ein armer Mann einen mäßigen Osterkuchen backen, die »Persimon« aber unmöglich weiter als allenfalls bis Cap d'Antibes kommen könne. Keine gute Auskunft. Er sah, daß ihm das Messer doch ziemlich dicht an der Kehle saß. Da ging er denn in seine Kabine und schloß sich ein.

Für seine Privatschatulle, soweit er sie nicht in der Westentasche bei sich trug, hatte der lange Cradock neuerdings ein ganz originelles System der Geldaufbewahrung eingeführt, das er in Südafrika von einem dorthin verwehten russischen Offizier gelernt hatte: man wechselte die jeweilige Monatsgage in einzelne Pfundstücke ein, man nahm die Hand voll Goldmünzen und schleuderte sie auf gut Glück gegen die Decke der Kabine. Man behielt auf diese Weise nur ganz wenig in der Tasche zurück, man kam sich als armer Mann vor und gab nicht (was sonst unfehlbar geschehen wäre!) alles gleich am ersten Tage aus. Man hatte einen grundehrlichen Waliser zum Burschen, und man suchte, wenn man Geld brauchte, das Notwendige auf Schränken, in Dielenritzen und unter dem Bette sich zusammen: auch in den verzweifeltsten Situationen fand sich dann immer noch etwas . . .

Im vorliegenden Falle fanden sich (am Letzten des Monats, wollen Sie gütigst bedenken) noch sieben Pfund. Die sieben Pfund ergänzten den Inhalt der linken (privaten) Westentasche auf rund achtzehn Pfund. In der rechten (staatlichen) Westentasche befanden sich, nachdem man zweitausend für ein Perlenhalsband hatte ausgeben müssen, noch vierhundert Pfund Regierungsgelder. Vierhundert Pfund Regierungsgelder wanderten jetzt aus der staatlichen in die private Westentasche, wurden dadurch bis auf weiteres Cradocksche Privatgelder und ergänzten das Betriebskapital in willkommener Weise auf vierhundertachtzehn Pfund. Dieser Kassasturz (wofern ich mir diesen alten k. u. k. österreichischen Fachausdruck für »Bilanz« zu eigen machen darf) ergab also ein »Haben« von vierhundertachtzehn Pfund und ein »Soll« von zweitausendvierhundert Pfund, die binnen vierundzwanzig Stunden ersetzt und demgemäß in den zehn Stunden dieser Nacht an der Roulette verdient werden mußten, wofern nicht wirklich die Hoheit von Labrador zu Fuß nach Ägypten pilgern sollte. Die Situation war ernst. Die Pistole auf dem Tisch sah den langen Cradock an mit einem bösen schwarzen Auge, und das böse schwarze Auge sagte, daß nach altem ehrwürdigem Kodex ein Gentleman sich totzuschießen habe, wenn er der Defraudation von Staatsgeldern überführt worden sei. Da aber der Gedanke an den Tod ein Kommißgedanke für romantische Fähnriche war, so schickte man den Gedanken an den Tod zum Teufel und ging zur Tat über. Man depeschierte also an jenen einzigen noch vorhandenen Cradock-Onkel in Mergentheim, daß man sofort zweitausendfünfhundert Pfund brauche (eigentlich nur der Form halber und ohne die mindeste Hoffnung auf Erfolg, da dieser Mergentheimer Onkel geiziger als der reiche Mann im Evangelium war). Dann aber, als das Telegramm expediert war, tat der Cradock das, was an seiner Stelle alle Spieler von Ruf und Erfahrung getan hätten; er stellte für die heutige Nacht sich ein Spielsystem zusammen. –

Die Roulette nämlich, wollen Sie bedenken, ist nur scheinbar ein aus Galalith, Zelluloid und Messing zusammengesetztes totes Ding – die Roulette hat, wie alle scheinbar toten Dinge, ihren geheimen Rhythmus und ihre geheimen Gesetze, die man eben zu ergründen und zu berücksichtigen hat. Es ist in Monte Carlo vor drei Jahren passiert, daß die Kugel siebzehnmal hintereinander auf der Zahl Null haltmachte. Und in demselben Monte Carlo hatte – das war kurz vor dem Krieg – ein Herr hundert Gulden auf elf gesetzt, gewann den fünfunddreißigfachen Betrag, ließ ihn stehen, gewann wieder das Fünfunddreißigfache, ließ (er verhielt sich seit der dritten Volte auffallend still), ohne ein Wort zu sagen, den ungeheuer angewachsenen Betrag zum zweiten mal auf elf stehen, gewann auf elf noch fünfmal, und erst vor der sechsten Volte wurde festgestellt, daß er – inzwischen einen Herzschlag erlitten hatte und tot war. Die Roulette hat ihre geheimen Gesetze, und es war einfach selbstverständlich, daß der Cradock seinen Kriegsplan sich zusammenstellte. Als er aber erst mit seinen Berechnungen fertig war, da war er auch, wie in solchem Falle alle Spieler, einfach nicht mehr zu erschüttern in der Überzeugung, daß diese Schlacht gut ausgehen werde. Elf Uhr war es, als er das Kasino wieder erreichte. –

Zwischen den beiden Damen hatte es während seiner Abwesenheit eine ziemlich erregte Auseinandersetzung gegeben. »Man unterschlägt keine Staatsgelder«, hatte die alte Violet gesagt. Da hatte ihre Herrin erwidert, daß es ja nicht eigentliche Staatsgelder, sondern, zum größten Teile wenigstens, Mittel aus ihrer eigenen Privatschatulle seien. »Man unterschlägt überhaupt keine Gelder«, hatte die alte Dame gesagt. Da hatte die kleine Mary erwidert, daß es ein Riesenunterschied sei, ob man die unterschlagenen Gelder in die eigene Tasche stecken oder damit eine schöne Frau beschenken wolle. – »Du bist frivol!« hatte die alte Violet gescholten. »Heute ist Karneval«, hatte die regierende Fürstin-Witwe von Labrador erwidert. Und da ihre Hofdame und einstige Lehrerin alle die anderen Geschütze der Überredungskunst schon abgefeuert hatte, so versuchte sie es mit der letzten großkalibrigen Kanone. Daß diesem schrecklichen Cradock alles zuzutrauen sei, und daß er das verbriefte Recht habe, ohne Hosen bei ihr zu erscheinen und sie in diesem Zustande um Gnade zu bitten und . . .

Die Gräfin Hensbarrow rang die Hände. »Kein europäischer Thron würde heute diese Hosenlosigkeit überstehen«, jammerte die alte Dame. Da rang bei der Vorstellung, daß der Cradock ohne Hosen und im Frack (womöglich hier, im Palmensaal des

Kasinos) einen Fußfall tun könne, die kleine Mary vor Lachen nach Luft. »Ich sehe deinen Thron wanken«, schluchzte die alte pathetische Dame und erreichte damit doch nur, daß die böse kleine Hoheit sich übermütig hin und her warf in ihrem Sessel und erklärte, daß dieser hier eigentlich noch ganz fest stünde. Da war es zuviel, und da bekam ihre Hofdame einen roten Kopf. »Ich bitte Ew. Hoheit um die Erlaubnis, mich zurückziehen zu dürfen«, sagte in tiefer Verbeugung und in tiefgekränktem Ton die Gräfin Hensbarrow. Wogegen die kleine Mary absolut nichts einzuwenden hatte, und woraufhin die alte Dame schwer beleidigt aus dem Saal gerauscht war. Fast im selben Augenblick war Cradock eingetreten. –

Die Bar, in der er vorher haltgemacht hatte, zu einer letzten Vorbereitung aufs Gefecht, war überfüllt gewesen. Wie Tiere am Trog drängten sich, Ellbogen an Ellbogen, mit geröteten Gesichtern und feisten Rücken diese Gäste . . . bleiche, übernächtige Mixer musterten geringschätzig dieses etwas provinzielle Publikum, verteilten hochmütig, als spendeten sie Libationen, die Geister der tausend auf den Regalen aufmarschierten Flaschen: den »Sol y Sombra«, den die Brasilianer eingeschleppt haben in Europa . . ., Bambus-Cocktail und den »Blenton« der englischen Kriegsmarine, und seltenen bittern »Gibson« mit seiner kleinen weißen Zwiebel. Ventilatoren summten, halbe und Vierteleleganz machten sich breit . . . Glatzen spiegelten sanft die Lampen wider, und an den Tischen lösten zwischen Glas und Glas behäbige Smokingbesitzer unbeschwert die großen Probleme des Erdballes: die Verschuldung Europas und die Nöte des mittelenglischen Industriestreiks und die Gefahren, die sich aus der Sowjetpropaganda in Südafrika ergaben. –

Er, der Kapitän Cradock, ehrfurchtsvoll begrüßt von diesen Kellnern, die ihn aus dem Londoner »Ritz« und aus San Sebastian und von Ostende her kannten . . . er saß zusammen mit Williams, abseits an einem kleinen Tisch, trank einen Schwedenpunsch, schickte, um die brennende Alkoholwunde zu besänftigen, einen sanfteren »Chocolate« hinterdrein. Dann stand er brüsk auf. Er ärgerte sich über das Geschwätz der fetten Spießer ringsum, und zum ersten Male geschah es hier, daß ein ganz toller Gedanke durch sein Hirn fuhr: dieses ganze gräßliche Kasino vom Erdboden fortzuradieren, irgendeinen unausdenklichen Schrecken zu jagen über diese selbstzufriedenen Bourgeois, sich zu weiden an dem Einsturz ihrer Philisterwelt . . .

Das war vorderhand ein ganz momentanes Aufzucken, und ich glaube nicht, daß diese Idee schon in jener Bar-Viertelstunde feste Formen annahm im Hirn des langen Cradock. Immerhin nahm er sich, als er schon an der Tür des Spielsaales stand, den Leutnant Williams beim Rockknopf und gab ihm einen letzten Befehl: dreißig Mann von der »Persimon« waren sofort hierher zu beordern, hatten sich (Zivil, ohne Waffen und natürlich ganz unauffällig) hier vor dem Kasino einzufinden und nebenan im Café de Paris Weiteres zu erwarten. Ein etwas dunkler, in seinen Zielen rätselhafter Befehl, den der Kapitän, schon mit dem Türdrücker in der Hand, erteilte. Irgendwelche Aufklärungen gab er jedenfalls nicht. Er hatte Eile. Er verabschiedete den Leutnant Williams mit einem flüchtigen Kopfnicken und trat ein. Und da saß also . . . dieses Mal ohne die in seinen Augen völlig überflüssige Altdamenbegleitung . . . unter der Palmengruppe der Domino.

»Kapitän Cradock . . .«

Dieses Mal aber, als er von ihr mit seinem Namen angeredet wurde, stutzte er. »Sie kennen mich, Madame, woher?«

Da lachte sie sehr übermütig. »Wer kennt Ihren Namen denn nicht, Sie Baldrianeur heiliger Tempelkatzen, Banksprenger von San Sebastian, Held aller Ozeane, Brecher aller Frauenherzen, Abenteurer, berüchtigter Seeräuber . . .«

Das klang spöttisch, kokett, ließ natürlich die Vermutung zu, daß hinter dem Domino (obwohl der Kapitän sich ganz vergeblich den Kopf zerbrach) irgendeine Londoner oder Kapstädter Bekannte versteckt war. »Wer sind Sie, Madame?« Und dieses Mal versuchte er, der Mann des schnellen Angriffes, der Maske sich zu bemächtigen, und mußte es doch erleben, daß sie lachend hinter den Stuhl flüchtete und ihm entkam . . .

»Defraudant labradorischer Schiffskassen . . ,« Dieses Mal war's zuviel, und auf der Stirn Cradocks war eine steile Falte zu sehen. Sagte sie »Defraudant labradorischer Schiffskassen«, so war es klar, daß sie vorhin die ganze Auseinandersetzung mit dem alten Crofts mitangehört hatte. Daß sie um das

Perlenhalsband wußte, daß sie ihm die Freude verdorben hatte, daß sie auch wußte, womit der Schmuck bezahlt worden war . . .

»Sie haben gelauscht, Madame?«

»Da ich vorhin zeitig und pünktlich am verabredeten Orte zur Stelle war!«

»Und wissen jetzt natürlich alle meine Geheimnisse.«

»Da diese Geheimnisse vorhin nicht gerade leise besprochen wurden!«

Da lachte er bitter . . .

»Während Sie im sicheren Versteck sitzenblieben und lauschten!« Sein Gesicht war noch finsterer geworden, er begann erregt auf und ab zu gehen.

Eine Weile sprachen sie beide nicht. Drei Saaldiener kamen, rückten Stühle zurecht, verschwanden; ein Croupier kam, machte sich an der Roulette zu schaffen, ordnete Jetons, rechnete, bemühte sich, im Saale nichts zu sehen außer seinem Handwerkszeug. Erste Spieler fanden sich ein . . . drei ältere Französinnen, ein ägyptischer Baumwollhändler, ein sehr alter russischer Staatsrat: drückten sich im leeren Raum herum, empfanden es peinlich, die Ersten zu sein, lorgnettierten nach den beiden unter den Palmen hinüber . . .

Der lange Cradock war schließlich stehengeblieben. Da Madame es für gut befunden habe, zu lauschen, so habe er seinerseits nicht den mindesten Grund, etwas zu verheimlichen. Die Schiffskasse geplündert: Madame zuliebe. Fremde Gelder defraudiert: für Madame. Ein Halsband gekauft, um Madame zu erfreuen: mit gestohlenen Geldern . . .

»Mit Geldern«, sagte vorwurfsvoll der Domino, »mit denen Ihre arme kranke Fürstin nach Ägypten fahren wollte!« Da sagte der Cradock, daß eine abwesende Frau ein Gespenst sei, und daß eine anwesende Frau alles verlangen könne; daß er folglich das Gespenst bestohlen und die anwesende Frau – übrigens unter erheblicher Gefahr für seinen eigenen Hals – beschenkt habe . . .

»Und wenn nun morgen«, sagte der Domino, »ich nicht mehr da bin und Ihre . . . übrigens immer noch sehr schöne Landesherrin anwesend sein wird?«

Dann werde er, sagte gleichmütig der Cradock, selbstverständlich gegen die anwesende schöne Hoheit galant sein und Madame, da sie ja nicht mehr anwesend sein werde, vergessen haben. »Ungetüm!« klagte angesichts dieser unfaßlichen Philosophie der Domino und meinte mit »Ungetüm« den langen Cradock. Ob sie die Perlen nun annehmen wolle oder nicht? fragte der Cradock und hatte die Miene eines Ambassadeurs, der ein Ultimatum überbringt. Da wußte sie, daß sie vor der Wahl stand, diesem Abenteuer endgültig ein Ende zu machen und wieder zu ihrer alten Violet hinaufzugehen; oder mit diesem gefährlichen Partner ein nicht ganz ungefährliches Spiel weiterzuspielen: so oder so mußte das Ding jetzt zur Entscheidung kommen.

Der Saal füllte sich: zwei zweifelhafte Großfürsten, ein englischer Kokainhändler, ein Heldenbariton von der Kottbusser Oper, ein Zwickauer Kinderwagenfabrikant . . . drei abgetakelte Kokotten aus Brüssel . . . ein alter polnischer Jude mit weißem Vollbart und tieftraurigen Ahasveraugen. Sie hielt unschlüssig das Halsband der Romanows in den Händen.

Die Glastür wurde geöffnet, ein kalter Luftzug traf ihre nackten Schultern – sie fröstelte. Ein Geiger von der Barkapelle, ein offensichtlich todkranker Mensch mit abgezehrtem Schädel kam vorbei, blieb einen Augenblick stehen, sah sie an mit den leeren Augen: da schauderte sie zusammen. Die Perlen, die sie in den Händen hielt, hatten einmal einer unglücklichen Fürstin gehört, die Perlen schienen eiskalt. Der Mann aber, der vor ihr stand und ihr ein Ultimatum stellte, war ein Desperado, der um Kopf und Kragen spielte und sie selbst hineinreißen konnte in den Strudel seines Lebens . . . »Ich habe doch Angst, Cradock«, sagte die kleine Mary.

Er zuckte die Achseln.

»Sie wollen, um alles zu ersetzen, spielen?«

Er zuckte, als gäbe es auf solche Selbstverständlichkeiten keine Antwort, abermals.

»Und wenn Sie verlieren?«

»Ich verliere nie.«

»Und wenn Sie trotzdem verlieren.«

»Dann breche ich mir das Genick, und Sie, Madame, brechen das Ihre mit mir. Und Sie kommen in den Himmel und ich in die Hölle. Und Sie, Madame, singen zur Harmoniumbegleitung heilige Lieder und werden ein Cherub mit silbernen Flügeln. Und ich brate in heißem Öl und mache nur manchmal in den Himmel hinein einen kleinen Vorstoß und reiße Ihnen eine Schwanzfeder aus.« Sie lachte. Er blieb hartnäckig. Ambassadeur, der ein Ultimatum überbringt. »Ja oder nein?« fragte der Cradock.

Da sah sie ihn an und dachte an das herbstliche Buchenlaub im Park von Hampton und an der Oktobermorgen von damals und an die Küsse dieses ein wenig frechen, noch immer knabenhaften Mundes. War dieser ein Rasta, so war er jedenfalls ein Rasta, dem man nicht widerstehen konnte; und wenn man zusammen mit ihm das Genick brach, so war dieser Bruch jedenfalls immer noch besser als schicksalsloses Vertrocknen.

»Ja«, sagte die kleine Mary.

»Kameraden auf Gedeih und Verderb?« fragte der Cradock.

»Auf Gedeih und Verderb«, sagte die kleine Mary. »Bis morgen«, sagte die kleine Mary. Da war der Pakt besiegelt, und da gingen sie zum Spieltisch. –

Das Publikum aber, das sich inzwischen eingefunden hatte, es war womöglich noch unerträglicher als das in der Bar. Eine ganz seltene amerikanische Sekte war erschienen mit ihrem Prediger, um an Ort und Stelle das Roulettelaster von Monte Carlo zu studieren . . . Frau Senator Harms aus Bremen wollte eben nur mal sehen, noch, was die S–p–ieler für Gesichter machten, wenn sie ihr ganzes Geld verlören . . . ein vollblütiger Agrarier aus dem Kreise Treptow an der Rega klagte einem Berufsgenossen, daß seit der Revolution aller Respekt beim Teufel sei, und daß neulich eine seiner Kartoffelgräberinnen bei einem Schäferstündchen ihn sogar geduzt habe . . . eine ältere Dame aus Boston mit Hornbrille, Pferdegebiß und der Stimme einer wildgewordenen Steppenstute schrie nach einem Maraschino . . . ein Patrizier aus Basel war fest entschlossen, höchstens zwei Francs fünfundsiebzig Centimes zu verlieren, und trug durch den Saal die Haarwand eines zahnbürstenfarbenen Vollbartes, in dem man, wofern es schon Hochsommer gewesen wäre, die Bienen hätte summen hören können. Was sonst da war, war eigentlich nur Komparserie für diese spießige Korrektheit: ein sehr junger Hochstapler aus Madrid, ein Bordellbesitzer aus Smyrna, ein junger, auffallend schöner Maler aus München. Sonst noch ein Dutzend niedergebrochener Offiziere aus den unterschiedlichen Armeen des Weltkrieges. –

Hinter ihnen her flüsterte es. Ein alter Major vom Coldstreamregiment meinte, daß die Dame an Cradocks Seite bestimmt eine Nichte des Londoner Vanderbilt sei, und daß Cradock selbst sich seit seinen Londoner Tagen in den seither verstrichenen zehn Jahren überhaupt nicht verändert habe. Ein Pariser Frauenarzt, der den Kapitän in San Sebastian hatte spielen sehen, wollte wissen, daß Cradock das damals gewonnene Geld zum größten Teil in zwei Wochen . . . so gewissermaßen aus der Hosentasche heraus . . . an die ersten besten Bettler, Kriegskrüppel, Landstreicher und niedergebrochenen Abenteurer verschleudert habe. Alle aber waren sie sich, als sie den großen Sturmvogel Cradock auftauchen sahen, darüber einig, daß dieses ein wenig eingeschlafene Monte Carlo nun doch noch einmal einen großen Tag haben werde . . .

Elf Uhr war's. Er hatte sie nun doch gebeten, ihn eine Viertelstunde allein zu lassen – er hatte zunächst mit seinen Spielexperimenten und dem Ertasten der besten Phase zu tun. Die Jetons waren eingehandelt, die Armee (vierhundertundachtzehn Pfund) noch einmal gemustert; er saß, das altmodische, breitschienige Monokel eingeklemmt, setzte minimale Beträge, verlor dreimal, setzte wieder, schrieb lange Zahlenkolonnen auf einen Zettel, rechnete . . .

Die einfachen Chancen zuerst . . . Pair und Impair mit minimalen Beträgen: er verlor. Er stieg höher zu »Kolonne von zwölf Nummern« (ein noch ganz kleinliches Spiel mit doppelter Gewinnchance): er verlor. Pfund um Pfund wurden seine Avantgarden geschlagen. Er rechnete. Er setzte wieder. »Transversale von sechs Nummern«, ein immerhin nicht mehr ganz niedriges Spiel: drei weitere Pfunde wanderten hinüber zum Croupier, und wenn es so weiterging . . .

Er stand auf, gönnte sich eine Zigarette, sah den Domino hinter sich stehen . . . blaß, erregt, in dem

bekannten Zustande des Laien, der zum ersten Male ein Spiel sieht. »Sie verlieren?« fragte sie. »Bitte Sie aufrichtig, mir nicht auf die Finger zu sehen beim Spiel«, sagte Cradock. Dann konnte man ihn sehen, wie er ging, um neue Jetons zu kaufen: das Glück blieb aus, und üble Sterne schienen aufgegangen zu sein über diesem Abend . . .

Weiter. »Kolonne zu vier«, ein Spiel schon von beträchtlichem Wagnis und achtfachem Gewinn: Verlust, Gewinnt, Verlust. Wieder rechnete er. Wenn das Glück nämlich nicht hier, in den hohen Gängen des Spieles zu finden war, so war es heute für ihn überhaupt nicht zu sprechen. Und wenn es heute für ihn nicht zu sprechen war, so gab es ein »Morgen« für ihn nicht mehr. Dann war er überführt der Unterschlagung fremder Gelder, war so deklassiert, daß kein Straßenköter mehr ein Wurstbrot annahm aus seiner Hand! Er atmete tief und trank einen sehr großen Kognak, ging in die Bar hinaus, hörte von Williams, daß die Leute vollzählig drüben im Café de Paris säßen, wurde bei der Rückkehr in den Spielsaal noch zwischen Tür und Angel aufgehalten von dem alten Crofts. Daß er selbst nun bei Lebas gewesen, daß Lebas bereit sei, mit zwanzig Prozent Abstandssumme das Halsband zurückzunehmen, sagte der Doktor. Daß er sich in die Hölle scheren solle, sagte kurz und nicht unfreundlich Cradock und ging, ohne sich nach Madame umzusehen, wieder an die Arbeit.

Was jetzt kam, erregte schon einiges Aufsehen bei diesen Leuten, die mit ihren Einsätzen von zehn Gulden sich schon als große Spieler vorkamen. »A cheval« nämlich hieß das nächsthöhere Spiel . . . à cheval bietet bei einer Gewinnwahrscheinlichkeit von fünf Prozent die Gewinnchance des siebzehnfachen Einsatzes. »A cheval«, mit den letzten zwei Pfunden seiner Avantgarde besetzt, gewann einmal, verlor, gewann beim dritten Male, gewann nach Abzug von vierhundertundsechzig verlorenen Schilling insgesamt sechsundsiebzig auf die Haben-Seite zu schreibende Pfund: bei »à cheval« saß das Glück . . . das Glück verlangte das größere Wagnis von ihm. Da verließ er, Madame zu holen, den Kreis der Spieler.

Für diese Volte kamen sie gerade noch zur Zeit. »Faites vot' jeu« hatte, bei schon laufender Kugel der Croupier eben gesagt, und »Rien ne va plus«

wollte er eben sagen und sah dann im letzten Augenblick noch einmal fragend zu Cradock hinüber. »Hundert à cheval, zwölf zu dreizehn« sagte, über die Köpfe der Zuschauer hinweg, der Cradock. »Machen Sie's halbwäje!« sagte halblaut ein sächsischer Herr ... der Pariser Gynäkologe flüsterte dem Coldstreammajor zu, daß Cradock nun doch endlich in Bewegung käme. Sie, die beiden Kampfgenossen dieses Gefechtes, standen in dieser Minute ein wenig abseits an der Peripherie des Spielerkreises. So, daß sie das Spiel selbst nicht übersehen konnten.

So aber ist es nun einmal, daß wir alle, je mehr unser tägliches Leben umgeht mit toten Mechanismen, immer abhängiger werden von jenen Dämonen, die unsichtbar wohnen in Maschinen, Zahlen und – Roulletten. Techniker sind in Berufsdingen bekanntlich abergläubischer als Marseiller Fischweiber, große Architekten sind nun schon längst so weit, daß sie die Sterne befragen, ehe sie in das Eisengebälk eines Wolkenkratzers die erste Niete schlagen lassen.

Der Cradock, während die Kugel schon gegen die Nägel des Rouletteellers prallte, tat etwas, was er im Vorpostengefecht sich aufgespart haben mochte für die entscheidende Stunde der Schlacht.

Er nahm seine Brieftasche. Aus der Brieftasche ein Päckchen Seidenpapier. Aus dem Seidenpapier einen kleinen Fetzen Tüll mit eingewebten Silberfäden, die nun schon ganz rot angelaufen waren. Ein Ding, das der Fetzen eines Schleiers sein mochte. Ein Ding, das man einmal getragen hatte als lebensfrisches, junges Geschöpf und zum Andenken verschenkt hatte an einen leider etwas vergeßlichen Gefährten ...

»Glückstalisman?« fragte die kleine Mary, fühlte, daß etwas in ihre Augen wollte, was in dieser Stunde in die Augen nicht gehörte.

»Glückstalisman«, sagte gleichmütig der Cradock und steckte das Ding in den linken Schuh. Da aber hatte es sich in dem Kreise dieser gaffenden, flirtenden, médisanten Menschen entschieden, das Spiel ...

»Dreizehn«, sagte auf seinem überhöhten Stuhl der Croupier. »Dreizehn für Sie«, sagte, sich zu Cradock umdrehend, freundlich der Coldstreammajor. Gewonnen siebzehnhundert Pfund. Getuschel,

Geflüster, Bewegung ringsum. Das Geld nahm er in tadelloser Haltung. Wohl aber, was ihr nicht entging, mit Händen, deren Finger doch ein wenig zitterten. Dann, wie es nach einem größeren Coup zu gehen pflegt, war er umgeben von fremden Menschen. Von den alten Habitués der europäischen Spielsäle, von niedergebrochenen Kameraden, von Roués, die sich anzüglich nach ihr ... nach dem Domino erkundigten. Sie ging allein zu der Palmengruppe zurück.

Hier war es still, und man war allein. Die Tränen, die kamen nun erst recht, und sie wütete gegen sich selbst und ihren Kummer. Ein Fetzen Seidentüll war ja schließlich nicht mehr als eben ein Fetzen Seidentüll, und eingerichtet war es doch nun einmal so, daß Männergedächtnis kürzer reicht als Frauenliebe. Aber daß es wehe tut, wenn man selbst eine Liebe bewahrt, und der andere vergißt es – das war nebst Weibertränen und verletzter Eitelkeit nun einmal ebenfalls vorgesehen im Plane der Weltenschöpfung. Ja, sie weinte wirklich. Sie bot natürlich die letzte Selbstbeherrschung auf und trocknete rasch die Tränen und setzte die Maske wieder auf. Da aber hatte er sie schon wieder aufgespürt in ihrem Versteck ...

»Was, Madame, haben Sie eigentlich?«

Keine Antwort. Da wollte er ernstlich wissen, was ihr fehle ...

Sie bat um eine Zigarette. Ihre Haltung hatte sie wieder. »Ihr Talisman?« fragte die kleine Mary und wies auf seinen linken Schuh.

»Er bewährt sich, denke ich.«

»Brautschleier?«

»Brautschleier«, nickte Cradock.

»Von wem?«

»Die Roulette, Cradock, geht nicht ohne Sie«, rief von drüben ein Herr. »Faites vo' jeu«, sagte von drüben der Croupier und sah fragend zu Cradock herüber. »Hundert à cheval, zwölf zu dreizehn«, rief der Cradock zurück. »Das Glück, Madame«, sagte er und hatte noch immer ihre Frage nicht beantwortet, »das Glück ist eine große Dame, die man nicht antichambrieren lassen darf.« »Rien ne va plus«, sagte der Croupier. »Madame ...«, sagte der Cradock und reichte ihr den Arm. Da war es, das serienweise kommende und serienweise sich versagende Glück, das ihnen begegnete, ohne daß sie sein eigentliches Spielen auch nur gesehen hatten.

Die kleine Kugel aus Galalith nämlich, sie hat auch in der Dauer ihres Tanzes ihre Launen – sie kann in einem Anlauf das Fach wählen, sie kann, die Nerven marternd, ein scheinbar schon gewähltes Fach verlassen, zurücktaumeln, das Spiel mit den Prellnägeln noch einmal beginnen und zum Schluß eine Nummer beglücken, an die niemand mehr gedacht hat . . .

Dies hier, die zweite große Volte, war ein rascher Schuß . . . »Espagnol«, wie's die Croupiers nennen. »Dreizehn.« Die Glücksnummer kam ihnen, während sie auf den Spieltisch zugingen, gewissermaßen entgegengelaufen. »Tausendsiebenhundert für Cradock.« In Pfundnoten, in Holländergulden, in plumpen, seltenen Hundertdollarstücken. Mit dem Ergebnis der ersten Volte zusammen dreitausendvierhundert. Mit dem Rest des Betriebskapitals zusammen fast dreitausendsechshundert. Genug, um die Hoheit von Labrador zweimal nach Ägypten zu schicken. Genug beinahe, um zweimal das Loch in der Schiffskasse zu flicken. Schon lange nicht war er so reich gewesen.

Dreitausendvierhundert Pfund. Gratulanten und Schmarotzer. Kokotten, die das Geld witterten, und angebliche alte Bekannte, die man nie gesehen hatte, und die nach einigem Stottern einen kleinen Anleiheversuch starteten. Er schob alles beiseite. Für heute hatte er genug von dieser Atmosphäre von Talmieleganz und Niederbruch und Spießertum. Unter keinen Umständen wollte er weiterspielen. Er reichte ihr den Arm. »Und nun, Madame?«

Da übersah sie seinen Arm: »Sie sind mir eine Antwort schuldig.«

»Ich stehe zur Verfügung.«

»Von wem haben Sie den Fetzen?«

Da lachte er. »Eifersüchtig auf Vorgängerinnen?« höhnte der Cradock.

»Von wem der Talisman?«

»Wenn Sie's wissen wollen – von der freudlosen Witwe . . .«

»Freudlosen Witwe . . .«

»Von der Hoheit und freudlosen Witwe von Labrador.« Und so erzählte er in aller Kürze seine Geschichte. Daß in London einmal eine kleine Prinzessin einem kleinen Flottenleutnant gut gewesen sei und ihm auf ihrer Hochzeit dann einen Fetzen ihres Brautschleiers geschenkt habe. Die Prinzessin von damals, das sei nun die regierende Fürstin-Witwe von Labrador . . . dieselbe, die morgen komme. Der Flottenleutnant aber . . .«

»Was aus dem Flottenleutnant geworden ist, will ich Ihnen sagen, Cradock! Der Flottenleutnant von damals ist ein herzloser Bursche, der Frauenliebe schmäht, indem er ihre Andenken mit Füßen tritt. Der Flottenleutnant von damals ist nun ein Rasta mit gefrorenem Herzen . . .«

»Vielleicht . . .«

»Ein vereinsamender böser Abenteurer . . .«

»Vielleicht . . .«

»Der undankbar empfangene Liebe vergißt . . .«

»Das Leben, Madame, geht weiter!«

»Ein alternder Desperado, ein alternder professioneller Spieler, dessen Herz keinen unberührten Winkel hat, der sich an fremdem Gelde vergreift . . .«

»Madame!«

»Und dessen Hände nun schon zu zittern beginnen, wenn er, um seine Defraudationen zu cachieren, sich an den Spieltisch setzt!«

Da sprang er auf . . .

»Dann werden Sie sich also davon überzeugen, wie sehr Sie mir Unrecht getan haben! Mehr als Unrecht! Daß Sie nach einem Grunde suchten, mich zu verletzen, daß Sie um einen dürftigen Vorwand besorgt sind, mich wieder an der Roulette zu sehen! Ich werde spielen, Madame . . .«

»So spielen Sie also!«

Da riß er aus der Tasche seine ganze Barschaft. Dreitausendsechshundert Pfund . . . abgegriffene Pfundnoten, Holländergulden, klobige Hundertdollarstücke: aber der Gegenwert für Ehre und Existenz eines Mannes. »Spiel mit dem ganzen Einsatz, Madame! Spiel bis zum Genickbruch, da Sie es so wünschen! Es gibt ein Spiel, heißt Paroli . . .«

»Es gibt ein Spiel, heißt Genickbruch . . .«

»Und man verliert alles und hat die gleiche Aussicht auf Gewinn, wie ein Londoner Liftboy auf den Posten des Vizekönigs von Indien. Ein Spiel um Kopf und Ehre . . .«

»So spielen Sie es doch!«

»Und wenn man verliert . . .«

»So wagen Sie es also!«

Da nimmt er ihre Hand. »Was habe ich Ihnen getan?« Sie zuckt die Achsel und schweigt, hängt sich in den gebotenen Arm, läßt sich an den Spieltisch führen. Empörung im Herzen, verletzte Frauenliebe, verletzte Eitelkeit. Blinder Haß, der ihn gedemütigt sehen, und heimliche Reue, die am liebsten in der letzten Sekunde noch alles rückgängig machen möchte. So steht's in dieser Stunde um die kleine Mary. Die Vorgänge der nächsten entscheidenden Minuten werden zu einem Nebel, aus dem wie Inseln einzelne Bilder ragen. –

Ganz leise Geigen, eine Uhr, die Mitternacht schlägt, ein Dampfer, der unten im Hafen mit seiner Sirene heult, Menschen, die hinter ihnen eifrig tuscheln, zwei Saaldiener, die sich tief verbeugen . . .

Erster Coup. »Faites vot' jeu!« sagt der Croupier und sieht, wie eigentlich alles ringsum, auf den Kapitän Cradock . . . der Heldenbariton, der eben sechshundert Pfund verloren hat, findet keine Aufmerksamkeit mehr. »Dreitausendvierhundert auf dreizehn«, sagte Cradock . . . »Dreitausendvierhundert auf dreizehn«, wiederholt der Croupier und dreht.

Kugel tanzt, Kugel wird müde, prallt gegen die Nägel und schießt . . . dieses Mal mit der Unbeirrbarkeit eines Projektils . . . auf dreizehn.

Bleibt. Steht. Bewegung ringsum. »Dreizehn«, dienert höflich der Croupier. »Dreizehn«, tuschelt's im Raum ringsum. Fünfunddreißigmal dreitausendvierhundert. Nicht mehr auszudenken. Der Croupier bedauert, nicht gleich zahlen zu können, wird aber sofort die Bank anweisen . . . »Madame?« sagt mit leichter Verbeugung und einiger Ironie in der Stimme der Cradock. »Und was weiter?« gibt sie ebenso blasiert zurück und möchte doch dabei so gerne heraus aus ihrer Bitterkeit. Möchte. Kann nicht. Muß ihn weiterhetzen, bis er das Genick bricht. Zweiter Coup . . .

Zunächst wird ein Scheck präsentiert. Zwei Pariser Journalisten hat man aus der Bar herbeigerufen, ein gerade anwesender Illustrator von »Harpers Magazin« skizziert die Szene . . . zwei junge Amerikanerinnen starren, während der Scheck übergeben wird, den langen Cradock an mit einer Indiskretion, zu der nachgerade noch ein Fernrohr mit Stativ fehlt. »Hundertundneunzehntausend bleiben stehen«, sagt leise und freundlich der Cradock. »Hundertundneunzehntausend bleiben stehen«, notiert der Croupier. »Wahnsinn«, sagt hinten jemand. »Bei dem rappelt's wohl«, sagt der Kinderwagenfabrikant aus Zwickau. »Wird ohne einen Cent in der Tasche den Saal verlassen«, bedauert der Coldstreammajor. »Rien ne va plus«, sagt der Croupier. Da schwirrt wieder die Kugel.

Kugel schwirrt, tanzt um Ehre und Leben des langen Cradock, Kugel prallt an Hohlkehle und Prellnagel . . . man kann's nun nicht mehr ansehen . . . schließt die Augen . . .

Wenn man so die Augen geschlossen hält, möchte man wieder gut zu ihm sein und ihn um Verzeihung bitten. Wenn man aber die Augen öffnet, steht da so ein provozierend überlegenes männliches Ungetüm . . . eine Mannsherrlichkeit, die man erniedrigt und auf den Knien sehen möchte. Und dann endlich hört man seine hochmütige Stimme, wie er, während um Leben und Ehre des Kapitän Cradock die Kugel schnurrt, nebenan den französischen General mit dem weißen Vercingetorix-Schnauzbart nach dem Schicksal des Polo-Ponys »Ponsonby« (von Bellorophon aus der Astarte) fragt. Da kocht ihr vor dieser betonten Sicherheit das Blut: man kann, wenn man ihn so sprechen hört, auf keinen Fall gut und zart mit ihm sein . . . man muß ihn demütigen und auf den Knien sehen. Wieder schließt sie die Augen. Da geschieht etwas Seltsames . . .

Ganz nahe, begleitet vom Surren und Prellen der Kugel, hört sie Geigenmusik . . . ein aufdringliches Fiedeln, das an den Nerven zerrt. Als sie die Augen öffnet, sieht sie dicht hinter dem Kapitän Cradock den Geiger von vorhin stehen.

Der Geiger ist ein armer Teufel mit Magenkrebs oder sonstigem Marasmus, hält sich am Ende noch mühselig, um seinen Leuten noch eine letzte Monatsgage zusammenzufiedeln, mit Morphium aufrecht. Fiedelt Rigoletto. Hat ein Gesicht, das abgemagert ist wie das einer Mumie . . . grünliche Bartstoppeln beginnen die Haut zu durchbohren. »Cradock« sagt, tief erschrocken, die kleine Mary und faßt seine Hand. Der Cradock, auf das Gefiedel aufmerksam geworden, dreht sich um, sieht den Geiger, zuckt die Achseln, bläst ihm den Rauch seiner Zigarette ins Gesicht. Im selben Augenblick steht auf dem Rouletteteller die Kugel stille. »Null«, sagt freundlich der Croupier. »Pech«, sagt leise der Franzose mit dem weißen Vercingetorix-Bart. Verloren. –

Verloren, bis auf ein paar Pfund, alles. Rechte und linke Westentasche, Cradock- und Regierungskasse, Existenz und Ehre. »Fatum«, sagt der Pariser Doktor. »Hab's kommen sehen«, sagt der Major. »Mußte leider so kommen«, sagt der Franzose mit dem Gallierbart, geht seufzend einen Vermouth trinken. Im Saal zuerst das große Schweigen, das immer den großen Spielkatastrophen folgt. Dann erst halblaute Bemerkungen . . . bedauernd, mokant, schadenfroh. Und endlich, . . . noch ehe man überall weiß, was eigentlich geschehen ist . . . der lange Cradock, der mit einer wortlosen Handbewegung den Croupier von seinem Stuhle herunternötigt, auf den Stuhl klettert und um Ruhe bittet.

Da also steht er. Ohne Spur von Erregung. Verbindlich lächelnd. Braucht nicht erst um Aufmerksamkeit zu bitten . . . der Saal ist still wie eine Kathedrale. Da fängt er denn an.

Tausendvierhundert Pfund habe er aus eigenen Mitteln verloren – auf die verzichte er selbstverständlich gerne. Die restlichen zweitausend Pfund aber (und nur hier hob er ein wenig die Stimme) . . . die restlichen zweitausend Pfund also könne er beim allerbesten Willen und bei jedwedem Verständnis für die Interessen der Bank nicht entbehren. Müsse die Bank bitten, die erwähnten zweitausend Pfund bis morgen früh um sieben Uhr an Bord seines Schiffes zurückzuerstatten . . . müsse sie bis spätestens sieben Uhr unbedingt haben, widrigenfalls . . .

Bei diesem Worte »widrigenfalls« scheint der lange Cradock plötzlich länger zu werden, auf »widrigenfalls« kommen aus dem Kreise der Zuhörer die ersten Reaktionen . . .

»Aha«, sagt ein Hamburger Herr, setzt sich, um den Kapitän besser zu sehen, den Klemmer auf die Nase.

»Wollen wir doch erst mal sehen«, sagt der Kinderwagenfabrikant und schiebt drohend den Bauch vor.

»A moi«, sagt eine reif erblühte Pariser Dame und fällt in Ohnmacht.

Widrigenfalls er zu seinem tiefen Bedauern gezwungen sei, das Feuer seiner Artillerie morgen Punkt sieben Uhr auf das Kasino im besonderen und auf diesen paradiesischen Ort im allgemeinen zu richten, sagt freundlich und bestimmt der lange Cradock, verläßt seelenruhig seinen Rednerstuhl, geht mit wiegendem Seemannsschritt nach der Bar, öffnet die Tür. »Williams«, sagt, in der Tür stehend, der Kapitän. »Kannst jetzt die Leute kommen lassen«, sagt der Cradock und nickt freundlich und wendet sich wieder dem Saale zu. Die Lage hatte sich kompliziert in seiner Abwesenheit.

An jedem Spieltisch in Monte Carlo gibt es einen verborgenen Glockenkontakt, er ist ein Überbleibsel aus jenen Zeiten, wo das inzwischen etwas provinziell gewordene Monte Carlo noch öfters seinen großen Tag – einen echten Verzweiflungsausbruch, eine Kollision mit den Croupiers, gar einen Selbstmord bei währendem Spiel mit Blitz und Knall und Gehirnspritzern auf Damenkleidern zu verzeichnen hatte. Diesen Kontakt, der Alarm läutet und den amtierenden Direktor herbeiruft, hatte bereits vor dem Worte »widrigenfalls« der Croupier en chef gehandhabt, die Glocke hatte den Direktor Samanon in der Lektüre des »Méridional« aufgestört: da war der Direktor, um nach dem Rechten zu sehen, sofort aufgebrochen mit drei Saaldienern. Der Cradock aber, der von der Bar auf das eigentliche Schlachtfeld zurückkehrte, sah sich drei schütteren alten Männchen in Uniform und einem stattlichen, fleischigen Herrn mit braunbierfarbenem Vollbart gegenüber. Lachte dem bärtigen Herrn ins Gesicht, schob die alten Männchen beiseite und stieg wieder auf seinen Stuhl. –

Daß er in diesem fröhlichen Herrn (und er weist auf den Direktor Samanon) den Vertreter der Bank vermuten dürfe, sagt der Cradock. Daß er ihm noch einmal seine außerordentlich bescheidenen Forderungen – zweitausend bis morgen früh um sieben

Uhr – ans Herz lege und im übrigen auf das Elfzentimeter-Kaliber der »Persimon« verweisen müsse.

Daß er den Herrn Direktor freundlichst bitte, ihn jetzt nicht zu unterbrechen. Daß er jeden Widerstand für unzweckmäßig halte, daß er sich um ein zuvorkommendes, rücksichtsvolles Verhandeln bemühe, daß er aber für alle Fälle doch vorgesorgt habe . . . in diesem Augenblick betritt mit seinen Leuten der kleine Williams den Saal.

Die aber, die hinter dem Leutnant Williams hereinkommen, das sind keine schütteren Greise – herrliche Burschen aus allen europäischen Ländern sind es – Preisboxer und Ringkämpfer von Weltruf . . . Albanesen und levantinische Fischer und Inselgriechen und ein paar Neger sogar und sonst noch alles, was seine Muskeln und sein Fell dem Staate Labrador verkauft hat für drei Lei am Tage. Solch herrliche Kolosse kommen zur Tür herein, hübsch manierlich und beinahe feierlich und jedenfalls ohne jede Rüpelei. Der Direktor Samanon versucht zu reden, kommt nicht zu Wort. Ein paar Damen bewahren beste Haltung und lachen, ein paar Herren bewahren weniger gute Haltung und retirieren durch die Glastür ins Freie. Der Herr aus Sachsen schreit durch den Saal, daß er sich beim deutschen Konsul beschweren werde.

Ruhig, verbindlich, höflich bleibt der Cradock. Daß er dringend bitte, nicht zu erschrecken, und daß keinem aus dieser erlesenen Gesellschaft auch nur das Allergeringste geschehen werde, sagt der Cradock. Daß andererseits im Falle des ja hoffentlich überflüssigen Bombardements doch immerhin mit einer möglichen Beschädigung der Hotels gerechnet werden müsse, daß der erste Zug diesen schönen Fleck Erde leider erst morgen früh um neun Uhr und dreiunddreißig Minuten verlasse, daß mithin die unterschiedlichen Herrschaften nur eigene Interessen wahren würden, wenn sie, gegebenenfalls durch eine Deputation bei der Bank, seine außerordentlich bescheidenen Forderungen unterstützen wollten.

Das also sagt der Kapitän. Läßt die Flügeltür öffnen und sagt, daß es nun wohl das beste sei, wenn alle friedlich und ruhig den Saal verlassen und zu Hause sich noch besonders seine letzten Worte – Unterstützung seiner Forderung bei der Bank – recht genau überlegen wollten. Dann winkt er dem Leutnant Williams, und damit rücken die Leute – Hand in Hand wie bei einem Broadway-Krawall eine New-Yorker Polizistenkette – langsam auf die Saaltür zu. Alles vollzieht sich in bester Ordnung . . . hie und da lacht man sogar . . . ein paar junge Franzosen sprechen, an das heutige Datum erinnernd, sogar von einem Karnevalsscherz.

Alles wickelt sich ab, wie diese Cradocksche Rede gewesen ist: ruhig, sauber, ohne Flegelei. Draußen auf der Terrasse beginnen die Damen mit den Matrosen zu scherzen, und der einzige, der protestiert und noch immer eine Rede zu halten versucht, ist der Direktor Samanon. »Tragt den Herrn hinaus«, sagt der Cradock. »Wir werden Sie hinaustragen«, sagen die Matrosen und nehmen (ganz behutsam und beinahe vorsorglich) den Direktor Samanon auf den Arm und tragen ihn in sein Büro zurück. Die Saaldiener gehen voran und zeigen den Weg. Der Saal ist leer, die Terrasse draußen ist leer: keine zehn Minuten sind vergangen seit dem letzten Spiel. –

Alles, was geschehen ist, hat sie von der Bank unter den Palmen mitangesehen. Die Empörung, die Bitterkeit . . . alles das ist nun nicht mehr da. Da steht Cradock plötzlich vor ihr.

»Sind Sie zufrieden, Madame?« fragt der Cradock.

Sie schweigt.

»Belieben Sie zu antworten?« fragt der Cradock.

Da steht sie auf. »Augen zu!« kommandiert sie. »Sind zu«, sagt der Cradock. »Auf Ehre?« fragt sie. »Habe keine mehr«, brummt der Cradock. Da nimmt sie die Maske ab und küßt ihn.

Eigentlich genau so wie vor zehn Jahren. So mit der ganzen mädchenhaften Inbrunst der kleinen Mary von damals, und wenn es nicht so ein vergeßliches und undankbares Mannsbild wäre: er müßte sie nun eigentlich an diesen Mädchenküssen erkennen. Jawohl, an diesen für ihn, den alten Sünder aufgesparten Mädchenküssen.

Er erkennt sie nicht. Ein alter Sünder ist er. Ein schlimmer Abenteurer ohne Gedächtnis.

Die Tür ist aufgeblieben.

»Wo gehen wir hin?« fragt der lange Cradock, und er denkt, daß er in diesem Lande ja nun wohl geächtet und verbannt ist aus der Gemeinschaft der Menschen.

»Müssen ja nicht wissen, wohin«, sagt die kleine Mary und denkt an die alte Märchenweisheit, daß man die ganz großen Wunder immer nur entdeckt, wenn man nicht weiß, wohin man geht.

So also gehen sie denn hinaus. Eng aneinandergeschmiegt und völlig losgelöst von allen Wirrnissen.

Es gibt, wenn man den häßlichen Ort erst hinter sich hat und nach der Corniche zu geht, verschwiegene Wege in Monte Carlo.

Von dieser Nacht aber kann ich bezeugen, daß sie die erste sanfte und ganz gelinde Frühlingsnacht jenes Jahres war. Voll verbuhlter Süßigkeit und behangen mit ganz großen frühlingshellen Sternen.

Der rötliche Arkturus brannte und Spika mit dem blauen Feuer . . . der böse Aldebaran und Vega, von der man sagt, daß sie ein mildes Auge wirft auf heimatlose Liebespaare.

V.

Ein einziges einsames Licht brannte in dieser Nacht in den Steinmassen des Kasinos: das Licht brannte im Zimmer des Direktors Samanon.

Ich für mein Teil glaube (und die weiteren Ereignisse geben diesem Glauben recht), daß die Bank klug daran getan hätte, zum bösen Spiel des Kapitäns Cradock gute Miene zu machen und ihm zweitausend Pfund auszuhändigen und diese zweitausend Pfund auf das Reklamekonto der Bank zu buchen: ganz Europa hätte (was es dann später sowieso tat) gelacht. Ganz Europa hätte sich bei der einschlägigen Nachricht daran erinnert, daß neben Cannes und Nizza und Ventimiglia noch immer das einmal hochberühmte, jetzt aber ein wenig vergessene Monte Carlo existiert . . . alle alten Aventuriers hätten eingesehen, daß Monte Carlo gar nicht so verstaubt sein konnte wie sein Ruf. Daß heute noch so berühmte Spieler wie der große Cradock an seinen Tischen säßen. Daß auch heute Monte Carlo noch seinen großen Tag haben könnte.

So wäre es gewesen, wenn die Bank klug gehandelt hätte. Die Bank handelte nicht klug. Die Bank handelte ausgesprochen töricht. Der von Westen her

über den Ozean flutende Puritanismus bringt es wohl mit sich, daß man in einer so weltmännisch-weitblickenden Handlung und einer so klugen Verbuchung von zweitausend Pfund so etwas wie eine Störung kosmischer Gesetze erblickt: eher könnte man durch ein Trinkgeld von sechs Pence den vor dem Paradies Posten stehenden Cherub zur Wiederaufnahme des Menschengeschlechtes in das bekannte Gartenetablissement bewegen . . . eher könnte die Hölle gefrieren und eher ein Schweizer Eidgenosse seinem Lieblingssohn Geld ohne Zinsen leihen, ehe die Bank von Monte Carlo zur Rückgabe eines Spielgewinnes bereit gewesen wäre. In dem Zimmer, wo noch so lange in jener unvergeßlich schönen Frühlingsnacht Licht brannte, saß jener schöne, vollbärtige Herr: Jean Baptiste Samanon, amtierender und bevollmächtigter Direktor der Bank von Monte Carlo, brütete über schlimmer Rache. Jean Baptiste Samanon schrieb ein Telegramm an die französische Flottenstation in Cap d'Antibes. Daß die Bank von einem frechen Erpresser bedroht werde, daß die Menschenrechte in Gefahr seien, daß man um allerschnellste Hilfe bäte: das telegraphierte in dieser Stunde der Direktor Samanon nach Cap d'Antibes.

Ich bin, wie gesagt, nicht der Ansicht, daß dieses Telegramm mit den Grundsätzen der Diplomatie und der geschäftlichen Klugheit in Einklang zu bringen war. –

In Cap d'Antibes nämlich lag zur Stunde mit auseinandergenommener Backbordmaschine und einem neulich beim Einlaufen gesetzten Defekt an dem Ruderapparat der französische Kreuzer »Sadi Carnot«. Die Offiziere des »Sadi Carnot« tanzten (es war Karneval, wollen Sie gütigst bedenken!) an diesem Abend in Cannes, der Kommandant Constance lag mit einem vom allzu jähen Frühlingseinbruch gesetzten Gichtanfall stöhnend in seiner Kabine. Als der Kommandant Constance um etwa drei Uhr nachts durch das eben eingetroffene Telegramm aus dem ersten unruhigen Schlafe geweckt wurde und die seltsame Nachricht von der Bedrohung des Kasinos in Monte Carlo gelesen hatte, da hielt er begreiflicherweise die Nachricht zunächst für einen unpassenden Karnevalsscherz und warf brummend das Papier auf die Erde.

Allein geblieben, dachte der alte Herr dann freilich doch daran, daß seit dem Kriegsende allerlei Dinge möglich waren, deren ernsthafte Erörterung früher einen Mann ins Irrenhaus gebracht hätte. Dachte dann doch wieder an seine auseinandergenommene Backbordmaschine, an seine in Cannes tanzenden Herren und dachte auch daran, daß man sich mit einem Ernstnehmen dieses Telegrammes unsterblich blamieren konnte. Von allen diesen Bedenken und Rücksichten wurde er sozusagen ebenso geplagt wie von der Gicht, und so beschloß er endlich, auf jeden Fall die Rückkehr seines Ersten Offiziers zu erwarten. Ich werde später zu berichten haben, was der Panzerkreuzer »Sadi Carnot« dem Direktor Samanon für eine Antwort gab. –

In den großen Hotels in Monte Carlo aber war man in dieser Nacht etwas früher aufgestanden, als man es sonst zu tun pflegt an dieser paradiesischen Küste. Wer einen eigenen Wagen stehen hatte in den Garagen des Hotel de Paris und des Hotels Savoy, der hatte schon um Mitternacht gepackt und war noch vor der ersten Frühdämmerung davongebraust auf den Straßen nach Nizza und Ventimiglia. Was aber keinen Wagen besaß, das raste nun wie besessen die Treppen auf und ab, kniete auf Koffern, die sich nicht schließen lassen wollten, brüllte kleine übernächtige Hotelpagen an, weil Madames Hutschachtel von Zimmer Nummer dreihundertsiebenundsechzig noch immer nicht in die Halle heruntergebracht war; konstatierte zum zehnten Male, daß der erste Zug wirklich erst um neun Uhr dreiunddreißig ging. Brachte den Manager mit Fragen zur Verzweiflung und sah dann und wann in die spiegelglatte Bucht hinunter zu dem silbergrauen Schiff, dessen zierliche Kanönchen nun schon deutlich erkennbar waren in der grauen Dämmerung. Um vier Uhr waren siebzig Prozent sämtlicher Hotelzimmer in Monte Carlo gekündigt, um fünf Uhr waren sämtliche Portiers und Direktoren sanatoriumsreif: viel klüger wäre es gewesen, wenn die Bank die von dem Kapitän Cradock verlangte Summe gezahlt und auf ihr Reklame- oder wenigstens auf ihr Verlustkonto gebucht hätte.

Grundsätze der Schicklichkeit und der Diskretion verbieten es mir, zu sagen, wo an diesem Morgen der lange Cradock Abschied nahm von Madame. Er tat das unter erstickenden Küssen und im Gefühl eines Seehelden, der nun die Schlacht bei Abukir vor

sich hatte, hatte sie auch, da ja womöglich schon in einer Stunde Pech und Schwefel auf Monte Carlo fallen konnten, dringend gebeten, den Ort sofort nach ihrer Rückkehr ins Hotel zu verlassen. Versprochen hatte sie wirklich, daß sie sofort ihren Wagen anschirren lassen, und nach Cannes abreisen werde, und dann, in der letzten Viertelstunde, als es schon grau zu werden begann über den Bergen im Osten, da hatte sie sich wieder die Maske aufgesetzt. Der Cradock aber mußte sich mißmutig eingestehen, daß er ihr Gesicht eigentlich überhaupt nicht gesehen hatte.

Dreißig Minuten vor fünf war es, als er, etwas übernächtig, nebenbei gesagt, das Fallreep seines Schiffes hinaufkletterte. Sein erster Gang galt der Kabine des Funkers, der ja auch etwaige Telephonate des Kasinos registriert haben mußte. Der übernächtige Funker Bengtson suchte in seinen Papieren herum, der Kapitän Cradock, draußen in seinem Frack wartend, fröstelte in der Morgenluft. Antwort weder aus Mergentheim noch aus dem Kasino von Monte Carlo. Geld weder aus dem Kasino von Monte Carlo noch von Onkel James aus Mergentheim. Weder Geld noch Antwort. Der Cradock warf achselzuckend die Zigarette fort und ging. Für die dort drüben war er seit gestern abend ja doch nichts anderes als ein Erpresser . . . einem Erpresser antwortete man nicht, und man selbst hatte ein Fähnlein aufgesteckt, das nun, wohl oder übel, fröhlich weiterflattern mußte im Winde. Er stellte sich unter die Brause und trank einen männlichen Kognak. Er ließ Williams und den Chefingenieur Pavlicek wecken und schloß sich mit beiden Herren zu einer Besprechung von zwanzig Minuten Dauer ein. Um fünf Uhr aber schmetterten Hornsignale über die Bucht, und unter Pfeifentrillern wurde die Mannschaft geweckt mit der Nachricht, daß das Schiff gefechtsklar zu machen sei. Ernst wurde es. Ganz erschrecklicher Ernst . . .

Zuerst waren es nur furchtbare Rauchwolken, die, mit dem letzten zusammengekehrten Kohlenschutt gespeist, aus den beiden Schornsteinen der »Persimon« aufstiegen und Gottes reine Morgenluft auf das entsetzlichste verpesteten. Dann aber begann es zu laufen und zu wimmeln auf den sauberen Decks, und Aufzüge rasselten, und Maate fluchten in sämtlichen Sprachen Europas und des Balkans. Dann flogen Mündungsdeckel von den Kanonen, und blinkende Messingkartuschen und schreckliche Fünfzollgranaten wurden herbeigetragen in ihren Körben. Im Lazarett sogar begann es auf das furchtbarste nach Jodoform und Karbol zu riechen, und dann pochte die Kriegsfurie sogar an die Tür des Doktor Crofts. Der Doktor hatte gestern aus Gram über seinen Kapitän nicht allzuwenig getrunken, der Doktor wollte schlafen. Die Kriegsfurie aber in Gestalt des Kammerstewards Matteo Bardulescu klopfte an die Tür und sagte, daß Krieg ausgebrochen sei zwischen Labrador und Monte Carlo und daß der Doktor unbedingt aufstehen müsse. Da hatte der Doktor Crofts zurückgebrüllt, daß er weder selbst verrückt noch Irrenarzt sei und daß er auch keine Lust habe, Theater zu spielen. Damit hatte er sich auf die andere Seite gedreht.

Der Kapitän Cradock aber lief nervös auf der Brücke auf und ab. Es war dreißig Minuten vor sieben Uhr, er sah mit dem Glas nach dem Kasino hinüber: nichts. Kein Boot, kein Signal . . . nichts. Die Bank schwieg. Die Bank verhandelte nicht einmal. Die Bank glaubte wohl nicht einmal, daß man Ernst machen werde . . .

Dreiviertel sieben. Er hatte inzwischen mit den Offizieren geredet: Abenteurer aus allen Staaten Europas . . . Landsknechte, die alles taten, was er mit seiner Verantwortung deckte. Dann hatte er auch die Mannschaft zusammenrufen lassen und eine mehr zündende als völkerrechtlich korrekte Ansprache gehalten: kein Zweifel, daß diese daheim von Strandraub und Fischdiebstahl lebenden Levantiner schießen würden. Fünf Minuten vor sieben Uhr . . . Artilleristen an den gerichteten und geladenen Geschützen, Donner und Blitz im Rohr, das Schiff gefechtsbereit auf allen Stationen: der Kapitän Cradock lief auf der Brücke auf und ab wie ein eben erst eingefangener Menagerietiger, und es ist zu verzeichnen, daß ihm nicht so übermäßig wohl zumute war.

Er sah nach der Stadt hinüber. Über den grauen Morgenhimmel kam von Marseille her der Morgenflieger, auf der großen Straße nach Nizza sausten . . . brennende Scheinwerfer noch in fahler Dämmerung . . . die großen Limousinen, am Bahnhof die Aufzüge gingen nun schon: die europäische Zivilisation, die er, der Abenteurer, grimmig haßte

und von der er doch ein Teil und mit der er in Konflikt geraten war . . .

Er sah seine Kanonen, deren Rohre sich so pathetisch in den Morgenhimmel bohrten: Operettenkanonen, die beim dritten Schuß wahrscheinlich auseinanderfliegen würden. Er sah die Artilleristen: uniformierte levantinische Hammeldiebe, denen zur Operette nur noch die rote Schärpe und eine rote Hutfeder fehlten. Operette waren die Offiziere, Operette schien ihm sein ganzes altes wackliges Schiff, Operette war die Ordonnanz, die (nackte Füße und zerrissene Hosen) ihm den zweiten Kognak reichte. Das Glas ansetzend, sah er in der Scheibe des Kompaßgehäuses sein Spiegelbild: mit Ringen unter den Augen und scharfen Falten zwischen Mund und Nase, ein nicht mehr ganz junger Abenteurer, der mit der europäischen Zivilisation angebunden und nun alle Aussicht hatte, binnen einer Woche ins Zuchthaus zu wandern. Da goß er das Glas herunter. Für die da drüben war er seit gestern ja doch gezeichnet und geächtet, und ein Zurück gab es nicht mehr. Drei Minuten fehlten noch an sieben Uhr, und die Artilleristen hatten schon den Zündstrick in der Hand: da geschah etwas, was zum Heile aller Beteiligten den Dingen eine ganz andere Wendung gab.

Der Kapitän Cradock, beschäftigt mit moralischem Katzenjammer, mit Reflexionen und Kognak, hatte es übersehen – der kleine Williams, der achtern die Geschütze kommandieren sollte, hatte es sofort bemerkt. Ein kleines weißes Motorboot, das vor einer Minute erst sich losgelöst hatte vom Kai und nun wie ein Strich vor großen Kielwellen durchs Wasser preschte. Pfeilgerade auf die »Persimon« zu. Eine weiße Flagge sogar wurde geschwenkt, und als der Kapitän Cradock es entdeckt hatte, da war es schon beinahe am Fallreep. Genugtuung war gekommen. Der Direktor Samanon war gekommen. Die Bank verhandelte. –

Die Sache war einfach so, daß einerseits die Franzosen noch nicht geantwortet hatten und daß andererseits das Ultimatum abgelaufen und diesem berüchtigten Cradock doch nun einmal alles zuzutrauen war. Ratsam war es erschienen, im letzten Augenblick diesen rabiaten Menschen auf das bevorstehende Eintreffen der Hilfe und auf die Unmöglichkeit jedes Widerstandes aufmerksam zu machen. Zahlen wollte man natürlich so ohne weiteres nicht, und Schiffsgranaten wollte man erst recht nicht: da wollte man Zeit gewinnen und hatte in letzter Minute zum Unterhandeln den Direktor Samanon geschickt. Mit zweitausend Pfund in der Tasche, die aber nur im alleräußersten Notfall gezahlt werden sollten. Trotz dieser zweitausend Pfund war es eine unangenehme Mission. Die Mission eines Mannes, der einer bißbereiten Kobra unter Hinweis auf eine soeben in London telegraphisch bestellte Flinte das Beißen ausreden will: der Direktor Samanon war ziemlich blaß, als er das Fallreep hinankletterte.

Oben stand der Doktor Crofts, der, um die schlimmsten Dummheiten seines Kapitäns zu verhindern, nun doch aufgestanden war. »Gott zum Gruß!« sagte der Doktor mit der Höflichkeit eines Henkers, der am elektrischen Stuhl den Delinquenten fragt, ob er nicht gütigst Platz nehmen wolle. »God save the queen«, sagte der Direktor Samanon und hatte wohl die Vorstellung, daß man auf einem Kriegsschiff, dessen Herrin eine gebürtige britische Prinzessin war, so und nicht anders sagen müsse . . .

»Da ich selbst mütterlicherseits Brite von Geburt bin«, fügte der Direktor Samanon hinzu.

»Da die Samoaner«, sagte freundlich der Doktor Crofts, »ebenfalls Briten von Blut sind, seit ihre Vorfahren vor hundertfünfzig Jahren den Kapitän Cook aufgefressen haben.« So waren die Begrüßungszeremonien, nach deren Erledigung der Direktor Samanon vor den Kapitän geführt wurde.

Da also standen sich die feindlichen Parteien gegenüber, und es kam in diesem Augenblick nun auch dem Direktor Samanon so vor, als sei dieser Cradock heute um mindestens einen Fuß länger als in der vergangenen Nacht . . .

»Mein Kapitän«, sagte Herr Samanon und tat so, als wolle er eine Kammerrede halten.

»Geld?« fragte lakonisch der Cradock.

»Zu meinem Bedauern – nein«, sagte der Direktor Samanon und war, da das Gesicht seines Partners sich verfinstert hatte, einen Schritt zurückgetreten. Nach dieser Eröffnung, mit beteuernd aufs Herz gelegten und beschwörend in die Luft gestreckten Händen, begann er etwas, was an Rhetorik und Pathos wirklich an eine Kammerrede erinnerte.

Er, für sein Teil, sagte Herr Samanon, habe heute nacht sich auf das lebhafteste für die Rückgabe des Geldes eingesetzt . . . er sei leider auf den lebhaftesten Widerstand der Bank und deren eherne Grundsätze (»ehern«, sagte Herr Samanon) gestoßen. Sogar an eine Erlegung des Betrages aus eigenen Mitteln hätte er angesichts des unheilvollen Konfliktes gedacht, wenn eben nicht unglückseligerweise seine Pflichten als Familienvater ihm diese Ausgabe verboten hätten. Die Bank aber sei inzwischen leider zu anderen Entschlüssen gekommen. Zu Entschlüssen von ganz außerordentlicher Tragweite, die mitzuteilen er jetzt die Ehre haben werde und für deren Übermittelung er die Unverletzbarkeit des Parlamentärs . . .

»Wollen Sie mich mit Redensarten hinhalten?« schrie der Cradock.

»Bin gekommen, Sie, mein Kapitän, im letzten Augenblick vor unheilvollen Entschlüssen zu bewahren und . . .«

»Kein Baby, Sir!« schrie der Cradock.

»Und mit freudigem Einsatz meines Lebens diesen paradiesischen Ort zu schützen«, vollendete der Direktor Samanon. Eine kleine Treppe führte auf das Kompaßdeck hinauf, und dieser überhöhte und wenigstens etwas gesicherte Ort erschien für den gefährlichsten Teil seiner Mission als der geeignetste. Was er nun noch sagte, wurde nicht mehr im Tone einer Kammerrede vorgetragen.

Daß die Bank leider die Franzosen in Cap d'Antibes um Hilfe gebeten habe und daß der »Sadi Carnot« unterwegs sei, stotterte der Direktor Samanon.

Daß der »Sadi Carnot« die dreifache Bestückung habe und daß jeder Widerstand unmöglich sein werde . . .

Daß er im Interesse der Bank und auch im Interesse des Kapitäns und unter Preisgabe der eigenen Sicherheit gekommen sei, um im letzten Augenblick eine Katastrophe zu verhüten. An dieser Stelle aber wurde er rauh und unsanft unterbrochen. Der Kapitän nämlich hatte – untrügliches Sturmzeichen schlimmsten Grades – seine Mütze auf den Boden geworfen, hatte (wahrscheinlich eine Erinnerung an afrikanische Boxerlebnisse) die Ärmel aufgeschlagen und war – fünf Stufen auf einmal – die Treppe hinaufgesprungen. Da war denn der Parlamentär der Bank von Monte Carlo entflohen. –

Augenzeugen dieser Szene stimmen durchaus darin überein, daß die Jagd, die sich aus dieser Flucht und diesem Angriffe ergab, etwas an sich hatte, was man nur als »gespenstisch« bezeichnen kann. Bemerkt muß werden, daß sie beide . . . der eine in seiner Angst und der andere in seinem Zorn . . . schwiegen; daß sie beide ganz leichte Schuhe trugen und somit fast geräuschlos liefen und daß von den Unbeteiligten (teils aus grenzenloser Neugierde und teils aus Sportinteresse an der Leistung des Herrn Samanon) niemand intervenierte. Die Jagd aber, sie führte auf der anderen Seite des Kompaßdecks wieder zur Brücke hinunter, sie führte von der Brücke aufs Hauptdeck, sie führte endlich (mit Achill, Hektor und den Mauern von Troja verhielt es sich bekanntlich ganz genau so!) dreimal um das Haus der Rudermaschine herum. Von dort blieb dem Verfolgten nur noch der Weg zur Brücke hinauf, und es geschah hier, daß sein Schicksal sich doch noch vollendete: der Direktor Samanon hatte eine der dort liegenden Kabelleitungen übersehen, er war gestolpert. Und da hatte sich denn, da an ein Aufstehen nicht mehr zu denken war, die Jagd in der dritten Minute zugunsten des Verfolgers entschieden.

Bei dem Kapitän Cradock aber war der erste große Wutparoxismus (in dem Schlimmes sich hätte ereignen können!) längst verraucht, und der erste Zorn hatte sich verwandelt in einen mit Sadismus leicht versetzten Galgenhumor. »Ganz außerordentlich betrübt, Sie echauffiert zu haben«, sagte der Cradock und half seinem Opfer beim Aufstehen. »Schätze, daß Sie der Ruhe bedürfen, Herr«, sagte der Cradock und winkte den Quartermeister Jackson heran und hatte sich auch schon einen Racheplan erdacht: eine nette liebe kleine Rache im Cradockstil.

Ganz in der Nähe gab es da im Deck einen Bunkerdeckel . . . eigentlich war der darunterliegende Raum kein Kohlenbunker, sondern ein enger und dunkler Aufbewahrungsraum für die Eimer und Besen der Storekeeper: es war dieser enge, dunkle Raum, an den der Kapitän sofort gedacht hatte. Wenn nämlich die Bank um dieser elenden zwei-

tausend Pfund willen den Franzosen alarmiert hatte, so war der internationale Skandal da; und man war verloren. War man verloren, so mußte man mit Glanz untergehen, mußte sich mit dem dreimal so starken »Sadi Carnot« herumschießen und in Splitter gehen. Ging man aber in Splitter, so sollte dieser häßliche Bürger da die Fahrt zur Hölle mitmachen . . . »Schätze, Herr, daß hier bald dicke Luft sein wird«, sagte der Cradock, »schätze, daß das Gefecht mit dem Franzosen Sie interessieren wird . . .«

»Gnade!« schrie Herr Samanon.

»Und daß Sie es gern an Bord meines Schiffes mitmachen.« Der Bunkerdeckel flog auf, der Quartermeister Jackson half nach. Der Direktor Samanon war bis auf weiteres außerstande, seiner diplomatischen Mission im Auftrage der Bank nachzukommen . . .

Er, der Cradock, ging auf die Brücke und suchte mit dem Glas den Horizont ab, suchte, runzelte die Stirn. »Sehen Sie etwas, Williams?« Jawohl, auch der Leutnant Williams konnte es nun sehen. Dampfersmok im Südwesten. Dampfersmok scheinbar aus drei Schornsteinen. Drei Schornsteine hatte der »Sadi Carnot«. Der Cradock spie aus und legte das Glas in den Kasten zurück.

Er berechnete die Entfernung. Gut und gern noch fünfundzwanzig Meilen. Da der »Sadi Carnot« dreißig in der Stunde lief, so hatte man noch fünfzig Minuten bis zur Katzbalgerei, und da sein kleines Schiff dem großen Franzosen und seinem Zehnzollkaliber ja doch nichts anhaben konnte, so waren diese fünfzig Minuten eigentlich identisch mit derjenigen Frist, die ihn noch vom Tode trennte. Er lächelte: Todesfurcht war das wohl nicht . . . das Leben hatte reichgedeckte Tafeln präsentiert, und man hatte sich sattgegessen mit gutem Appetit. Todesfurcht war es eigentlich nicht – es war wohl mehr Überraschung und Erstaunen . . .

Erstaunen, daß ihm, dem glückhaften Abenteurer, dieses herrliche Leben überhaupt einmal in den Händen zerbrechen konnte. Erstaunen, weil das Verhängnis doch gestern noch gar nicht dagewesen war, und weil es nun so urplötzlich daherkam aus einer unbeachteten Ecke. Erstaunen, weil der Tod nun ihm, dem hundertprozentigen Manne, von einer Frau kommen mußte. Von einer Frau, die er vor vierundzwanzig Stunden noch gar nicht gekannt, von der er heute nacht im Dunkeln eben nur erraten hatte, daß sie schön gewesen, und von ihr nichts geblieben war, als an dem ominösen Tüllfetzen in seiner Rocktasche ein leichter Duft ihres Parfüms. Er nahm noch einmal das Glas, suchte noch einmal den Westhimmel ab. Drei feine Rauchsäulen und darunter mit Zehnzollkanonen und Pikringranaten der Tod. Er pfiff durch die Zähne: sollte denn nun einmal gestorben sein, so sollte er dem satten Europa wenigstens in die Ohren gellen, der Trauersalut für den langen Cradock. Er sah nach der Uhr, fand, daß es allerhöchste Zeit war, und ging zu seinen Kanonen . . .

Er ging zu dem Elfzentimeter, das, mühselig erbettelt vom Labradorer Parlament, das einzig halbwegs brauchbare Geschütz seines Schiffes darstellte. Er schob die Artilleristen beiseite, die nun schon seit einer Stunde da herumstanden. Morgensonne beschien schon die spiegelglatte Bucht und dieses Monte Carlo, das mit den weißen Häusern und den harten Schlagschatten wie ein totes Korallenriff aussah. Diesseits also war mit kühlem Metall und der sauberen Sachlichkeit von Kammer, Verschluß und Richtmaschine das Geschütz . . . jenseits mit Erkern und Erkerchen, mit Türmen und Türmchen und Stuckorgien und erlogenem Rokoko und der aufgeblähten Kuppel das Kasino: da regte sich in dem langen Cradock, als er dieses einem schlechten Öldruck nicht unähnliche Bild sah, erst recht ein knabenhafter und von mir keineswegs gebilligter Zerstörertrieb . . .

Denn so ist es doch nun einmal mit Kindern, Barbaren und Negern: sieht ein Sechsjähriger im Walde das Wunder eines schönen neugeborenen Fliegenpilzes, so wird er ihn köpfen . . . kommt an einen recht schönen klaren Quell ein Barbar, so wird er im günstigsten Falle hineinspucken . . . tritt ein mit sieben Schnäpsen im Leibe fröhlich von der Arbeit heimkehrender Landmann vor einen großen Kristallspiegel, so wird er (wofern er ein unverbildeter, von Okkultismus, Theosophie und Psychoanalyse unbeschwerter fröhlicher Landmann ist) den Trieb fühlen, mitten in diesen Kristallspiegel hinein leere Bierflaschen zu werfen. Was, bitte, erwarten Sie von einem Manne, wie der lange Cradock einer war? Es mußte in diesem Falle gerade die aufgeblähte Renaissancekuppel seinen Zorn erregen und

seine Zerstörerinstinkte nur noch steigern: da lud er selbst und richtete.

Sechshundert Meter und Aufschlagzünder. Als er dann den Zündstrick schon in der Hand hielt und eben abziehen wollte, da griff das Schicksal zum zweiten Male ein. Der Leutnant Kries (jener von mir schon erwähnte Ostpreuße, der Tischkanten abbeißen und Fünfschillingstücke zerbrechen konnte): item, der Leutnant Kries kam gelaufen und riß seinem Kapitän in der letzten Sekunde noch den Strick aus der Hand. –

Mit dieser Intervention aber hatte es folgende Bewandtnis: in seiner Kammer oben hatte der Funker Bengtson, während sein Kapitän mit dem Tode zuerst und dann mit dem Kasino von Monte Carlo in der geschilderten Weise kokettierte, zuerst ein Telegramm und dann ein Telephonat des fürstlich labradorischen Konsulates in Monte Carlo aufgenommen. Beide Nachrichten waren einerseits dringlich, andererseits waren sie so, daß jede von ihnen den Kapitän (der doch schon seit fünf Uhr früh mit zehn Atmosphären Überdruck herumlief) zur Explosion bringen mußte. Mit einem Wort: der Funker Bengtson (ein kleiner schwächlicher Schwede aus Halmstatt) hatte es nicht gewagt, die beiden Telegramme seinem Kapitän persönlich zu überbringen. Er hatte den Leutnant Kries gebeten, diese Mission zu übernehmen – da war der Leutnant Kries gerade noch zur rechten Zeit gekommen. Maria, Fürstin-Witwe von Labrador, kam nicht erst heute abend, sondern schon heute früh an Bord: das stand im Telegramm. Maria, Fürstin-Witwe von Labrador stand zur Stunde nebst Hofdame, Zofe und Lederkoffern auf der Landungsbrücke, war im Begriff, ins Motorboot zu steigen, würde in längstens zehn Minuten an Bord sein: das war der Inhalt des vom Konsul übermittelten Telefonates Der lange Cradock hätte, wenn der Leutnant Kries nicht zur Zeit gekommen wäre, zugleich mit dem Kasino seine ehemalige Tänzerin, Reitkameradin und jetzige Landesherrin beschossen. –

Löwen, die einmal vorbeigesprungen sind, werden bekanntlich unsicher. Löwen, die zum zweiten Male vorbeispringen, bekommen (so wenigstens stelle ich's mir vor!) entweder schwere Depressionszustände oder hüllen sich in die stoische Würde eines Löwen, gegen den sich endgültig das Schicksal erklärt hat. Die Reaktion des Kapitäns, der sich zum zweiten Male gehemmt sah in seiner Schießfreudigkeit, war weit weniger stark, als Bengtson befürchtet hatte. Der Cradock las die beiden Zettel, steckte sie in den Ärmel und pfiff leise vor sich hin. Er für sein Teil wußte ganz genau, was hier noch zu tun war: da es dieser Witwe von Labrador nun einmal gefiel, zwölf Stunden früher an Bord zu kommen, so konnte man nicht schießen, mußte ohne Donner, Blitz und Herostratenruhm als simpler Defraudant ins Zuchthaus marschieren. Marschierte man aber ins Zuchthaus, so wollte man es nicht als armer Sünder tun. Sondern so, daß ganz Europa über den Zuchthäusler Cradock lachte. Kurz und gut: der Kapitän, der sich für diesen Fall seinen ganz bestimmten Plan zurechtgelegt hatte, tobte nicht, sondern begann den Sussexmarsch zu pfeifen. Dann sagte er dem Leutnant Kries, daß er Williams rufen solle. –

Der Leutnant Williams, der die ganze Zeit auf der Brücke gestanden und die drei Rauchsäulen im Westen beobachtet hatte, wollte eben seinem Kapitän melden, daß es tatsächlich der Franzose sei. Der kleine Williams, der auf diese Weise schon von Donner und Blitz, von Heldengröße und Nelsontod geträumt hatte, fiel aus allen Himmeln, als er vor seinem Kapitän stand. Nach dem »Sadi Carnot« nämlich fragte der Cradock überhaupt nicht mehr – er sagte nur, daß Ihre Hoheit, die Fürstin-Witwe, nebst Gräfin Hensbarrow und Zofe Susan schon heute früh an Bord käme. Der kleine Williams ließ den Kopf hängen. Kein Heldentod und kein Nelsonruhm! Sondern nur drei Weiber und fünf Lederkoffer. »Bitte Sie sehr«, sagte der Cradock, »die Damen am Fallreep zu empfangen.« »Werden wir«, sagte der Cradock, »dafür sorgen, daß von der Mannschaft, wenn die Damen kommen, niemand an Deck ist.« Und mit diesem Befehl (der noch zweimal wiederholt wurde und somit wohl sehr wichtig war) drehte sich der Kapitän um und ging, Hände in den Taschen und noch immer den Sussexmarsch pfeifend, in sein Logis. Er, der lange Cradock, wußte natürlich sehr genau, weswegen er auf alles pfiff, und was er sonst noch tat. Den armen Williams aber ließ er jedenfalls als gebrochenen Mann und in dem festen Glauben zurück, daß der Kapitän plötzlich in geistige Umnachtung versunken sei . . .

Die nächsten Minuten aber, sie fielen geradezu grausam her über die Nerven des armen Williams. Von Backbord kam die »Sadi Carnot«, von Steuerbord kam die »grundgütige Landesmutter«, in der Mitte war ein Schiff, dessen Kapitän plötzlich geisteskrank geworden, dessen Mannschaft um fünf Uhr mit Krieg und Kriegsgeschrei aus dem Bett geholt war und nun begreiflicherweise nicht wußte, was das alles eigentlich sollte. Inzwischen und ringsum pfiff, fluchte, schrie und fragte es. Auf der Back maulten sie, daß sie, die nun zwei Stunden herumgestanden waren und sich schon auf ein schönes Scharfschießen gefreut hatten, nun mit einem Mal unter Deck hinter verblendete Fenster sollten. Achtern gab es dieser Frage wegen zwischen dem Maat Scott und den Leuten eine regelrechte Keilerei, auf dem Batteriedeck waren sie im Begriffe, die Kartuschen verkehrt zu verstauen, und als er eben diesem Unfug ein Ende gemacht hatte, da kam zu ihm auf die Brücke eine Ordonnanz gelaufen und meldete, daß der Direktor Samanon in seinem Gefängnis zu ersticken drohe und zu toben anfange. Der Leutnant Williams (äußerlich noch ziemlich in Form, innerlich schon sanatoriumsreif) machte kurzen Prozeß und ließ dem Direktor Samanon bestellen, daß er ihn sofort in die Kesselfeuer werde stecken lassen, wenn er nicht Ruhe gäbe. Und als auch dieser Zwischenfall erledigt war, da kam etwas, was dem armen Jungen den Rest gab . . .

Der Doktor Crofts kam auf die Brücke. Der Doktor hatte auch jetzt, in diesem Irrenhausmilieu, die »Times« in der Hand und war überhaupt ein Mann, der sich für diesen Hexenkessel nur so ganz beiläufig interessierte. Ganz beiläufig sagte der Doktor, daß außenbords schon das Boot mit Ihrer Hoheit zu sehen sei, und daß es in spätestens drei Minuten unten am Fallreep sein werde. Da war der kleine Williams fertig, und da lief er vor das Logis des Kapitäns und trommelte gegen die Tür und schrie, daß er noch verrückt werde auf diesem Schiff und dringend um Ablösung bitte. Da ging die Tür auf, und der Cradock kam heraus.

Daß der Kapitän wirklich verrückt geworden war, daran konnte nun leider nicht mehr gezweifelt werden. Der Kapitän trug jetzt oben den ihm zukommenden goldbetreßten Galazweispitz und unten die gleichfalls zum Parade-Anzug gehörenden hohen Lackstiefel. Was aber in der Mitte saß, das war ein bis zu den Knien reichender alter Gummimantel; und was gleich unter diesem Gummimantel zu sehen war, als ein indiskreter Windstoß ihn lüftete, das war einfach unfaßbar. Kopfschuß und Katastrophe war es, und der Leutnant Williams, selbst schwer erschüttert in seinem Gleichgewicht, wußte nicht, ob er darüber lachen oder weinen sollte. In diesem Augenblick konnte man unten am Fallreep schon den Motor des anlegenden Bootes rumoren hören.

Der Cradock aber tat nun wirklich auch alles, um die Diagnose »plötzlich verrückt geworden« sicherzustellen. »Schätze«, schrie der Cradock, »daß Sie, Williams, über alles unterrichtet sind . . . hoffe, Sie verstehen, daß mir jetzt alles gleichgültig ist, und daß Europa wenigstens lachen soll.« Das schrie der Cradock.

Setzte wohl voraus, daß der Leutnant Williams die Privilegien der Cradocks kannte . . .

Nichts kannte der Leutnant Williams. War über nichts unterrichtet. Wußte nur, daß der Kapitän verrückt geworden war, hörte nun schon (und das hatte gerade noch gefehlt!) unten auf dem Fallreep eine Frauenstimme, lugte über die Reling und sah eine einzelne Dame im Reisekleid heraufkommen.

Maria, regierende Fürstin-Witwe von Labrador. Da beschloß er, zu retirieren.

Wie er sich aber umdrehte, da sah er noch den Kapitän zum Fallreep gehen, und wie der Cradock dort sich aufstellte, war er schuld, daß der arme Williams in seinem Kampf zwischen Lachen und einer anderen Gefühlsäußerung endgültig sich für einen Lachkrampf entschied.

Der Kapitän nämlich, wie er da am Fallreep stand, hatte nun den Gummimantel fallen lassen. Er stand und hatte oben einen goldbetreßten Schiffhut. Und unten lange Lackstiefel. Und in der Mitte nichts, als einen dunkelblau- und weißgestreiften Badeanzug.

Und über dem Badeanzug um den Leib einen langen Schleppsäbel.

Der kleine Williams wußte wirklich nichts von dem alten, einst im Kampfe mit der Jungfrau von Orleans erworbenen Privileg der Cradocks. Er wußte nichts davon und saß nun hinter der Hütte auf einer Schlauchwinde und lachte.

Einen entsetzlichen Lachkrampf, der gar kein Ende nehmen wollte.

Der Schleppsäbel zum Badeanzug: das war das Allerschlimmste gewesen . . .

VI.

Von Maria, Fürstin von Labrador, habe ich nachträglich zu berichten, daß sie seit der Trennung von Cradock nicht gerade angenehme Stunden verlebt hatte.

So nämlich stand es doch nun einmal, daß sie selbst sich schuldig fühlen mußte.

Sie war es gewesen, um derentwillen der Cradock sich in diese unmögliche Perlen- und Schiffskassenaffäre gestürzt hatte . . . sie war es gewesen, die ihn aus verletzter Eitelkeit in sein wahnsinniges Spiel und in den Konflikt mit der Bank gehetzt hatte. Schoß er aber wirklich, so war der internationale Skandal da, so war sie es, die (allem Schuldgefühl zum Trotz) ihren alten Freund fallen lassen mußte. Seit dem allerersten Licht hatte sie mit dem Fernglas am Fenster gestanden, hatte das kleine Schiff beobachtet und allerlei verzweifelte Orakel befragt, ob alles am Ende noch gut ausgehen könne. Es war wirklich keine angenehme Viertelstunde gewesen, die sie an diesem Morgen gegen sieben Uhr erlebt hatte . . .

Wirkliche Hoffnung aber war in ihr tapferes Herz erst eingezogen, als sie – in der allerkritischsten Minute – das Boot des Direktors Samanon gesehen hatte. Sofort hatte sie (zu einer gänzlich unmöglichen Stunde!) ihren Konsul herausgeklingelt, und sofort war jenes Telephonat arrangiert worden, das dann der Leutnant Kries gerade in der allerletzten Sekunde noch dem Kapitän überbracht hatte. Dann war sie pleine chasse zur Landungsbrücke gefahren, hatte (die alte Violet und die Zofe schliefen natürlich noch) das erste beste Motorboot genommen. Ohne Gepäck und nur mit einer Handtasche, in der die Maske von gestern und das ominöse Perlenkollier lagen. Sieben Uhr und dreiunddreißig Minuten war es, als sie, auf das Schlimmste und Allertollste gefaßt, das Fallreep ihres Schiffes betrat. –

Bewohner des europäischen Kontinents werden es vielleicht ohne weiteres verstehen, daß und weswegen der oben geschilderte, etwas kuriose Empfang durch ihren Kapitän der kleinen Mary nicht so überraschend kam.

Es ist, wie es ist: wird in London der Leichtmatrose James Taylor wegen öffentlicher Trunkenheit zur Geldstrafe von anderthalb Guineen verurteilt, so trägt bekanntlich der das Urteil verkündende Richter eine Allongeperücke. Will ich . . . etwa in einer leidlich modernen englischen Stadt wie Capetown . . . ein Taxi haben, so fährt jene »Cab« genannte, auf Räder gesetzte Rokokosänfte vor. Und wenn das Oberhaus dem Unterhaus Akten über Braugerstenzölle zuschickt, so überbringt nach jahrhundertealtem Brauch diese Akten ein rotbefrackter Diener in Perücke und Degen, fragt vorher bei dem Pförtner des Unterhauses an, ob er eintreten dürfe, fragt und erhält seinen Bescheid vorgeschriebenerweise in einem Englisch, das zur Zeit Richards III. schon so geklungen haben mag, wie heute unseren Ohren das Wessobrunner Gebet oder die Merseburger Zaubersprüche klingen würden.

England ist eben konservativer als der Kontinent. Und alte Privilegien (gingen sie selbst um eine Audienz in Unterhosen) sind für ein englisches Hirn niemals Chimären. Außerdem aber hatte im vorliegenden Fall ja schon die alte Violet warnend an das alte Recht der Cradocks erinnert. Und drittens war einem Manne, der in einem siamesischen Tempel mit Baldriantropfen heilige Katzen närrisch gemacht hatte, alles zuzutrauen. Item: die Hoheit von Labrador war gar nicht so überrascht. Sie war eben auf alles gefaßt und war, was ja nur gebilligt werden kann, ihrerseits entschlossen, ihre Würde zu wahren. –

Und nun war es so weit. Sie war die Ruhe selbst – der Cradock, in Badeanzug, Lackstiefeln und Galahut vor seiner ehemaligen Tänzerin stehend, stutzte. Die Frau, die da gekommen war, war eine schöne und blühende Frau . . . war alles andere als »grundgütige Landesmutter« und »freudlose Witwe«, und merkwürdig bekannt waren ihm Figur und Stimme, und seltsame Gedanken wollten kommen und ihn verwirren im entscheidenden Augenblick. Daß hier Haltung und Frechheit seine einzigen Waffen waren, wußte er natürlich, und legte die

Hand an den Hut und meldete, daß die ganze Mannschaft unter Deck sei. Dann begann er für sein Leben zu fechten . . .

»Mache«, sagte der Cradock, »wenn ich in diesem Anzug vor Ew. Hoheit erscheine, von einem verbrieften und Ew. Hoheit wohl bekannten Privileg Gebrauch . . .«

»Sparen Sie sich das!«

»Bitte unter dieser Voraussetzung Ew. Hoheit um Gnade. Habe die Kasse dieses Schiffes unterschlagen. Habe sie gebraucht, um einen Perlenschmuck für eine hübsche Kokotte . . .« –

»Hübsche Kokotte?«

»Hübsche Kokotte zu kaufen.« So weit war es. Der entscheidende Augenblick. Da nahm sie aus der Tasche das Perlenhalsband. »Die Kokotte, Kapitän Cradock, gibt Ihnen das Kollier zurück.« Dann nahm sie die Maske. »Guten Tag, Kapitän Cradock.« Da war es, als das große Erkennen über ihn gekommen war, geschehen um seine kühle Frechheit und um den Plan, Europa zum Lachen zu bringen . . .

Aufgebaut hatte er diesen Plan auf der stillschweigenden Voraussetzung, daß wirklich eine verbitterte Frau, eine »freudlose Witwe« (böser ältlicher Mann in Weiberröcken sozusagen . . .) an Bord kommen werde.

Gekommen war statt dessen eine schöne Frau, die man vor drei Stunden noch geküßt hatte; und man kann sich als Mann (wofern man unverbildete Instinkte hat) nicht lächerlich machen vor einer Frau, die man vor drei Stunden noch geküßt hat. Da man aber ein ritterlicher und wohlerzogener Mann war und diese Ritterlichkeit ihm jedes Erwähnen dieser Küsse für diesen Augenblick verbot, so war für ihn eben das Spiel verloren: Zusammenbruch, Blamage, Vernichtung.

Er nahm seinen Gummimantel und legte die Hand an den Hut und bat um die Erlaubnis, sich entfernen zu dürfen.

Sie sah ihn streng an. Nichts mehr von »Madame« und »Domino«. Daß er sich als arretiert zu betrachten und alles weitere in seiner Kabine zu erwarten habe, sagte die Hoheit von Labrador. Damit drehte sie sich ungnädig ab und entließ ihn.

Dann freilich, als sie allein war, fühlte sie, daß es zu Ende ging mit ihren Kräften. Sie setzte sich nieder, stützte den Kopf in die Hand, hätte am liebsten weinen mögen. Sie weinte nicht. Sie war nur eben sehr ratlos. Sie hörte wieder Schritte kommen und bemühte sich um gute Haltung. Als sie aber die Augen aufhob, da war jemand gekommen, der in diesem Falle wohl als rettender Engel angesehen werden konnte. Der Doktor Crofts kam.

Regierende Häupter, soviel ihrer noch existieren in Europa, haben in den letzten zehn Jahren ziemlich seltsame Audienzen erteilt – ich glaube, daß diese Begegnung zwischen der Fürstin-Witwe von Labrador und dem Doktor Crofts doch so ziemlich die seltsamste gewesen ist. Er war ein alter schottischer Herr mit ewiger Angst vor Erkältungen, hatte sich eben frisch rasiert und hatte nun (auf diese Begegnung war er vorläufig wohl nicht gefaßt gewesen) zum Schutz gegen die Morgenbrise ein rotes Tuch um den Kopf gebunden. Er sah somit wie eine alte Frau aus, hustete, daß es wie ein Eisenbahnunglück klang, und man kann ja wohl auch sonst von ihm sagen, daß er die typische Ritterlichkeit des Briten alter Observanz unter ziemlich rauhen Formen verbarg.

Das aber hatte die kleine Mary schon am Tage zuvor erkannt: daß er, der alte einsame Schiffsdoktor, seinen etwas leicht konstruierten Kapitän im Grunde als verlorenen Sohn behandelte. Daß man gut aufgehoben sein mußte, wenn man sein Herz ausschütten konnte bei dem alten Crofts. Item: was sich hier abspielte, das war nicht eine Unterredung von Hoheit und Untertan. Es war eine Unterredung zwischen Beichtvater und Beichtkind. Nicht in den Formen der katholischen Kirche. Sondern in den Formen eines alten Mannes, der keine Kinder hat und manchmal doch so tut, als habe er welche: ja, aber ich will den Dingen nicht vorgreifen.

»Doktor . . .«

»Kleine Hoheit . . .«

Es ging ihr so, wie es einem immer geht, wenn man in schwieriger Situation sich recht zusammengenommen hat und dann mit einem Male Rettung kommen sieht: die Nerven begannen zu versagen und trieben ihr die Tränen in die Augen.

Er seinerseits sagte sich, daß ein Schiffsdeck kein passender Aufenthaltsort ist für weinende Fürstinnen, und reichte ihr den Arm. Gleich darauf saß dann die regierende Fürstin-Witwe Maria von Labrador in der Kabine des Marinearztes erster Klasse Wilbour Crofts. In einem Raum, den seit mindestens einem Jahrzehnt keine Frau betreten hatte. Auf einem Sofa, gegen das die Granitplatten des Sinaigebirges schwellende Polster sein mochten. Zwischen Sammlungen von indianischen Totems und Negerfetischen, deren Anblick für Damenaugen nicht durchweg schicklich war. Unter der Photographie einer noch in Aberdeen lebenden alten und schon ganz vertrockneten Crofts-Schwester, die so ziemlich die einzige menschliche Brücke zwischen dem alten einsamen Herrn und dem Leben darstellte.

Von ihrer Seite aber begann es so, wie es beginnen mußte. Mit Selbstanklagen und mit der notwendigerweise dazugehörenden Vorgeschichte. Daß sie Cradock doch schon in London vor ihrer Ehe gekannt, daß sie damals . . . (das weitere brauchte, da der alte Herr einen furchtbaren Hustenanfall bekam, nicht gesagt zu werden) . . .

Daß sie Cradock volle zehn Jahre nicht gesehen, daß sie sich unbändig gefreut habe auf dieses Wiedersehen, und daß sie es dann gewesen sei, die ihn hineingehetzt habe in alle diese Wirrnisse.

In diesen unmöglichen Perlenkauf.

In dieses noch unmöglichere Spiel.

Aus verletzter Eitelkeit.

Weil es unerträglich war, daß ein Mann so rasch vergessen konnte. Weil man doch nicht »freudlose Witwe« sagte zu einer einst geliebten Frau. Weil man doch geschenkte Brautschleier nicht als Glückstalismane in den linken Schuh steckte . . .

Deswegen.

Durch ihre Schuld.

Ein internationaler Skandal.

Eine Situation, die sie jetzt womöglich nur durch die Bestrafung desjenigen Mannes lösen könne, den sie selbst hineingehetzt habe. Eine Situation, in der sie sofortige Hilfe brauche. An dieser Stelle wurden sie, da draußen jemand stark an die Tür pochte, unterbrochen.

Der Leutnant Williams stand draußen und fragte nach dem Kapitän. Der Doktor hinter der Tür antwortete, daß der Kapitän leider verstorben sei und eben begraben werde. Der Leutnant Williams sagte, daß er eine wichtige Meldung habe vom »Sadi Carnot«. Der Doktor schrie, daß er nichts wisse vom »Sadi Carnot«. Daß der Leutnant Williams mit oder ohne »Sadi Carnot« in die Hölle fahren solle. Daß er, Crofts, eigenhändig jeden erschießen werde, der noch einmal vom »Sadi Carnot« rede. Mit diesem Bescheide entfernte sich der Leutnant Williams. Und schlimm war nur, daß jetzt die Hoheit nun durchaus wissen wollte, wer dieser »Sadi Carnot« war . . .

Es hatte ja doch keinen Sinn, ihr die Wahrheit vorzuenthalten. Er sagte ihr alles. Daß die Bank den Franzosen gerufen hatte. Daß der Franzose unterwegs war, daß der Direktor Samanon im Kohlenbunker saß. Daß alles, auch für sie selbst, noch viel, viel schlimmer stand, als sie's geglaubt hatte. Da sprang sie auf.

Es gibt, wenn die Fürsten Frauen sind, solch plötzliche Temperaturstürze. Sie wußte plötzlich nichts mehr von eigener Schuld und Selbstbezichtigung. Sie war mit einem Male eine kleine Renaissancefürstin, die unbedenklich ihre Freunde opferte, wenn die Freunde Gefahr brachten über den Staat.

»Sie werden«, sagte Maria, die Fürstin-Witwe von Labrador, »sofort den Ersten Offizier rufen und den Kapitän Cradock verhaften lassen.«

»Es gibt«, sagte nachdenklich der Doktor Crofts, »im Pazifik auf den Weihnachtsinseln gewisse Stämme, wo die Häuptlinge Weiber sind . . .«

»Sind Sie wahnsinnig?« schrie die Hoheit.

»O nein«, sagte ernst der alte Doktor, »sie sind nicht weiter wahnsinnig. Es sind nur sehr herrschsüchtige Weiber, die ihre Freunde zuerst zu Ministern machen und dann hinrichten lassen.« Da war es vorbei mit Renaissance und Machiavell. Sie schob wie ein Kind die Unterlippe vor und fing bitterlich zu weinen an. So tat der alte Doktor das, was hier das Nächstliegende war.

Ging zu ihr und strich ihr über das Haar. »Aber«, sagte etwas rätselhaft Wilbour Crofts, »es ist nicht so schlimm damit. Es geht manchmal auch ohne Hinrichtung ab.« Und mit diesem etwas dunklen Trost ließ er sie vorerst einmal allein.

Wußte, daß er augenblicklich der einzige vernünftige Mann an Bord war. Wußte, daß die Pflicht zu helfen auf ihm lag. Ging hinaus und drehte ganz leise, um sie nicht zu kränken, den Schlüssel um. Hatte so das Gefühl eines Vogelzüchters, dem bis auf einen alle seine Vögel ausgekommen sind, und der nun wenigstens den schönen bunten Wellensittich in Sicherheit hat.

VII.

Was das aber nun werden und wie es noch abgehen sollte ohne Zuchthaus, Thronerschütterung und europäischen Skandal, das wußte er selbst nicht. Er saß, anzusehen mit seinem Kopftuch wie ein altes, verhutzeltes Marktweib, auf dem Kasten des Reserveruders, fühlte in seinen alten, brüchigen Knochen die Gicht, stopfte sich, ratlos, wie er war, eine Pfeife und verpestete weithin Gottes Morgen mit seinen Rauchwolken: nun, nun . . . die Götter schicken bekanntlich immer eine Hilfe oder doch wenigstens eine Erleuchtung, solange es in einer solchen Situation auch nur einen Mann gibt, der den Kopf nicht verliert und sich helfen lassen will. Schritte waren zu hören, und der alte Schiffsdoktor merkte, daß es keine Seemannsschritte waren. Unten über das menschenleere Hauptdeck lief der Direktor Samanon.

Befreit hatte ihn aus seinem Prison jener Leutnant Kries, der Tischkanten abbeißen konnte, die Beschießung von Monte Carlo verhindert hatte und auch sonst ein vernünftiger Junge war und es im vorliegenden Falle höchst überflüssig fand, daß dieser unglückselige Ambassadeur der Bank von Monte Carlo nutzlos in seinem Gefängnis ersticken sollte . . .

Er sah nun wenig repräsentabel aus mit besudeltem Anzug, besudeltem Gesicht und den Gebärden eines Mannes, der vom Amoklaufen nicht mehr so weit entfernt ist. »Können Sie mir sagen, wie man wieder fortkommt von diesem Höllenschiff?« schrie von unten der Direktor Samanon. »Können Sie mir sagen, wie ein assyrischer Flügelochse auf den Sirius fliegen kann?« brummte böse und mißgelaunt der Doktor. »Zahle im Notfalle auch die Zweitausend«, schrie der Direktor Samanon und gab erst jetzt preis, daß er für den alleräußersten

Notfall, um das Schlimmste zu verhüten, das Geld mitbekommen hatte und in seiner Brusttasche trug. Da sagte der alte Crofts gar nichts, sondern pfiff nur wie eine Spitzmaus durch die defekten Zähne. Wenn nämlich die drüben zum Zahlen bereit waren, so waren sie zu einem kostenlosen Arrangement vermutlich erst recht bereit: ganz fern am Horizont sah der alte Herr das auftauchen, was die Diplomatensprache des zwanzigsten Jahrhunderts einen Silberstreifen genannt hat. Er sagte Herrn Samanon, daß man über alles weitere wohl reden, daß aber bei den Verhandlungen ein männlicher Whisky nichts schaden könne. Er kletterte die Treppe hinunter und nahm den Direktor Samanon beim Arm. Beide Herren gingen in die Messe hinunter.

Zuerst hatten sie sich aus der Pantry die Whisky-Flasche geholt, dann hatte der alte Crofts den andern das Geld aufzählen lassen, und dann hatten sie sich . . . die Banknoten auf neutralem Boden in der Mitte . . . einander gegenüber gesetzt an den langen Mitteltisch.

Natürlich ist man rachsüchtig, wenn man für eine volle Stunde in einen Kohlenbunker gesperrt worden ist, und so führte der erste Waffengang zu keinem Resultat. »Wären Sie zu einem gütlichen Arrangement gegen Rückgabe der Summe bereit?« fragte der Doktor und legte die Hand auf das Geld. »Sie fürchten, wenn ich mich nicht täusche, die unausbleiblichen völkerrechtlichen Folgen?« sagte böse auf der anderen Seite der Direktor Samanon und faßte seinerseits nach den Banknoten. Da mußte sich der alte Doktor sagen, daß mit Überrumpelung hier nichts auszurichten war und daß Hilfe herbeigeholt werden mußte. So ließ er also die Banknoten liegen, wo sie lagen, und erbat sich zehn Minuten Bedenkzeit und ging.

Den Kabinenschlüssel drehte er auch dieses Mal so leise, daß sie nichts merkte. Sie hatte sich nun ausgeweint und saß still in der Sofaecke und streckte ihm in ihrer Hilflosigkeit nur die Hände entgegen. »Guten Tag, kleine Hoheit«, sagte sanft der alte Doktor und sagte das so, daß ihr wieder ein ganz klein wenig die Sonne scheinen wollte. Dann setzte er sich neben sie auf das Plüschsofa und schilderte ihr die Situation und gab ihr die nötigen Instruktionen.

Erstens: kleine Königinnen dürfen beileibe nicht geweint haben, wenn sie sich an den Verhandlungstisch setzen. Zunächst also mußten einmal gründlichst die Tränen aus dem Gesicht gewaschen werden, und der alte Herr brachte selbst die kärglichen Kosmetika seiner Toilette, und sie tat das Nötige mit dem Eifer eines kleinen Schulmädchens, dem der alte Onkel zeigt, wie man, ehe die Mutter es sieht, den garstigen Tintenklecks entfernt aus dem neuen Kleid . . .

Zweitens: man mußte, wenn man die Bank zu einem anständigen Arrangement bringen wollte, sofort wieder die regierende Fürstin sein. Eine Fürstin, die es einerseits einsieht, daß es eine Ungehörigkeit ist, wenn einer ihrer Offiziere die Bank von Monte Carlo mit Bomben bedroht und dann den Direktor in einen Bunker sperrt. Eine große Dame aber auch, die es im entscheidenden Augenblick einfach nicht versteht, daß man einer schönen Frau deswegen ernstliche Unannehmlichkeiten bereiten will . . .

Eine Fürstin, die empört ist, wenn man einen Karnevalsstreich aufblasen will zu einer internationalen Affäre. Eine Fürstin, die über den Orden Sixtus des Großmütigen verfügt und ältere französische Herren, wenn sie artig sind, beglücken kann, kleine Hoheit . . .

So war das. Er war ein alter asthmatischer Großvater, der ächzend seiner erwachsenen Enkelin eine Lektion über den Umgang mit störrischen Männern gibt. Und in fünf Minuten hatte er sie so weit, daß sie wieder die kleine Mary war mit dem jungenhaften Lachen und dem unverzagten tapferen Herzen. Da gingen sie denn zu Herrn Samanon in die Messe hinunter.

Daß sie vor zehn Minuten noch bitterlich geweint hatte, konnte man ihr nun wirklich nicht ansehen: sie kam hineingerauscht wie in ihren jungen Jahren die selige Königin Viktoria in eine Parlamentseröffnung. Er seinerseits – der Direktor Samanon nämlich – mochte ja nun wirklich etwas erstaunt sein über die sozusagen vom Himmel gefallene Monarchin; fand aber (ältere französische Herren verstehen das immer ganz ausgezeichnet) sofort allem Groll zum Trotz die Geste des Mannes, der weiß, was er einer großen Dame schuldig ist. Item, es gab ohne besondere Etikette und Zeremonie eine hübsche Begrüßungsszene. Der alte Regisseur goß sich hinter dem Rücken der beiden Akteure rasch einen zweiten Whisky ein.

So glatt freilich sollten diese Verhandlungen nicht verlaufen. Daß sie alles und ganz besonders das dem Direktor Samanon widerfahrene Ungemach auf das allerlebhafteste bedaure, sagte sie . . .

Daß ihm in der Tat eine schwere Kränkung widerfahren sei, sagte der Direktor Samanon.

Daß sie zu jedweder Genugtuung bereit sei, sagte die Hoheit von Labrador.

Daß er diese Güte zu schätzen wisse, sagte der Direktor Samanon. Daß man aber die völkerrechtlichen Folgen nun einmal nicht außer acht lassen könne.

In dieser Gefechtsphase, wo das Kleingewehrfeuer zu prasseln begann, wurde sie wieder die streitbare Hoheit.

Ob er sich überlegt habe, daß gestern so etwas wie Karneval gewesen sei in Monte Carlo?

Ob man an dieser azurnen Küste sich noch erinnere, daß mitunter absonderliche Dinge geschähen in Karnevalsnächten?

Ob man in Monte Carlo nicht wisse, daß der Kapitän Cradock ein Mann sei, über dessen Streiche schon ganz Europa gelacht, und der zum mindesten den Vorzug habe, daß er immerhin etwas Leben zu bringen pflege in die trübselige Atmosphäre des ehedem weltberühmten, nun aber aus der Mode gekommenen Spielkasinos?

Ob man hierzulande eigentlich den letzten Rest von Humor verloren habe und ob man, wenn man schon durchaus Rache nehmen wolle, diese Rache durchaus nehmen müsse an ihr? An ihr, die in diesem Falle als Staatsoberhaupt die Verantwortliche und Leidtragende sei? An ihr, die bislang immer an altfranzösische Ritterlichkeit geglaubt habe . . .

Und mit dieser letzten Frage hatte sie denn wirklich die ganz große Kanone abgefeuert gegen die feindliche Stellung. Daß auch ihm dies alles mehr als schmerzlich sei, beteuerte der Direktor Samanon. Daß er gern jedes auch nur halbwegs annehmbare Arrangement eingehen wolle. Daß er freilich selbst nicht wisse, wie die in Cap d'Antibes nun einmal unternommenen Schritte rückgängig zu machen seien . . . hier wurde der Direktor Samanon

unterbrochen. Der Leutnant Williams war gekommen.

Er hatte den seelischen Kräften des Leutnants Williams zuviel zugemutet, dieser Morgen. Zuerst war Krieg ausgebrochen zwischen Labrador und Monaco, dann war der Kapitän verrückt geworden, dann war die »grundgütige Landesmutter« gekommen. Dann hatte man dieses Telegramm aufgefangen, das zum dritten Mal an diesem Tage alles auf den Kopf stellte . . ., hatte den Kapitän gesucht, war überall auf verrammelte Türen gestoßen, ward überall mit Flüchen fortgeschickt, fand endlich die Hoheit hier. In dieser unaufgeräumten Messe, wo es nach muffigem Plüsch und kaltem Zigarettenqualm roch . . .

In Gesellschaft des Herrn Samanon, der frisch aus dem Kohlenbunker kam. In Gesellschaft des Doktor Crofts, der in Gegenwart Ihrer Hoheit Whisky trank und ein rotes Tuch um den Kopf gebunden hatte. Etwas überrascht, ja . . . er stotterte und konnte das, was er zu sagen hatte, nicht recht so aufbauen, daß die anderen es verstanden . . .

Täuschung beim Beobachten. Drei Schornsteine, ähnliche Silhouette, große Entfernung. Gar nicht der »Sadi Carnot«. Sondern ein friedlicher Indienfahrer. Der P. & O. Liner »Bornemouth«. Und dann dies hier . . . ein Telegramm, das alles über den Haufen warf . . . der Doktor hatte es ihm schon aus der Hand gerissen.

In Cap d'Antibes hatte, wie erinnerlich, der französische Admiral Constance nicht recht schlafen können in dieser Nacht. Er hatte für die letzte Entscheidung über den telegraphischen Hilferuf Monte Carlos die Rückkehr seines Adjutanten abgewartet . . . Beide Herren hatten zunächst einmal das internationale Flottenhandbuch vorgenommen und hatten festgestellt, daß der labradorische Kreuzer »Persimon« mit seinen alten Donnerbüchsen wirklich nicht viel mehr Gefechtswert besaß als ein ausrangierter verbeulter Petroleum-Tin.

Beide Herren waren sich klar darüber, daß sie, um diese Kriegsmacht niederzukämpfen, mit dem modernsten Kriegsschiff Europas angebraust kommen würden. Daß ihnen also die Gefahr der Lächerlichkeit drohte und daß . . . von allen diesen Dingen abgesehen . . . das Telegramm des Kasinos wie ein übler Karnevalsscherz aussah.

Seeoffiziere, wenn sie sich ohne diplomatische Anweisung des eigenen Staates in internationale Zwistigkeiten einmischen, laufen bekanntlich immer Gefahr, müssen mit der Möglichkeit von üblen Komplikationen und Kammerdebatten rechnen und lassen sich in Zweifelsfällen von ihren Adjutanten gern überzeugen, daß eine Intervention gut und heldenhaft, daß aber Abwarten besser ist. Item: auf dem »Sadi Carnot« hatte der Adjutant noch eine Weile am Bette des gichtleidenden Chefs gesessen, beide Herren hatten die Angelegenheit provisorisch mit einem Whisky-Soda erledigt. Folgende Antwort war also am Morgen hinausgeknattert aus der Funkstation des »Sadi Carnot«, hatte nicht nur die Antennen des Kasinos, sondern auch die der »Persimon« erreicht, und war dann so zu jenem Telegramm geworden, mit dem der Leutnant Williams zwanzig Minuten lang vergeblich durch das ganze Schiff gelaufen war.

»Der Flottenchef der Station von Cap d'Antibes betrachtet die Meldung der Bank von Monte Carlo, daß ein labradorischer Kreuzer die Bank mit Artilleriefeuer bedrohe, für einen unangemessenen Karnevalsscherz, den er sich dringend verbittet. Eventuelle Ruhestörungen in Monte Carlo unterliegen als innere Angelegenheit der dortigen Staatsexekutive. Unterzeichnet: Constance, Vizeadmiral.«

So war der Wortlaut. Katastrophe. Schwerste Niederlage der Bank. Der Direktor Samanon war in sich zusammengebrochen, sah aus, als sei er plötzlich zwanzig Jahre älter geworden . . . ich glaube nicht, daß Napoleon nach Waterloo sehr viel anders ausgesehen haben kann. »Glaube, daß meine Mission hier beendet ist«, sagte tief gebrochen der Direktor Samanon. »Glaube, daß diese Mission eben erst beginnt«, sagte die Hoheit von Labrador. Und was sie dann in Szene setzte, das war schlechthin ein Meisterstück weiblicher Diplomatie . . .

»Wollen wir auf Deck gehen?« fragte sie und wechselte mit dem Doktor einen Blick. »Wollen Sie die Güte haben, mich zu führen«, fragte sie Herrn Samanon und hing sich in seinen Arm ein. Ach ja, es tut gut, eine schöne Frau durch die Morgenbrise der Côte d'Azur zu führen . . . es tut doppelt gut, wenn man die Fünfzig hinter sich hat und wenn die schöne Frau eine regierende Fürstin ist . . .

Sie promenierten zu zweit . . . der Doktor hatte sich beurlaubt, saß vor seinem Logis und hatte mit einem Male eine ganz dringende Schreibarbeit zu erledigen . . .

Sie promenierten zu zweit. Arm in Arm. Dreimal um das Hauptdeck. Das aber war das diplomatische Meisterwerk der kleinen Mary, daß sie den auf der ganzen Linie geschlagenen Direktor Samanon so behandelte, als sei nicht er, sondern sie die Geschlagene, die Hilfsbedürftige, die auf die Ritterlichkeit ihres Partners Angewiesene. »Internationaler Skandal« . . . das blieb auch nach diesem Telegramm bestehen. »Ganz persönliche Verpflichtung, der Bank und ihrem Direktor Genugtuung zu geben« . . . das blieb ebenfalls bestehen. Und was doppelt und dreifach bestehen blieb, das war ihre Bedrängnis als verantwortliches Staatsoberhaupt und als hilfsbedürftige Frau.

»Arrangement«, sagte schließlich, als sie nach viertelstündiger Deckpromenade zum zwanzigsten Male bei dem Logis des Doktors vorbeikamen, die Hoheit.

»Was in den Kräften eines Mannes steht, der Ew. Hoheit sich ganz persönlich verpflichtet fühlt«, sagte Herr Samanon.

»Habe da inzwischen etwas entworfen«, sagte der Doktor und hatte inzwischen Williams' Füllfederhalter ruiniert und ein halbes Dutzend Bleistifte abgebrochen, »wofern es beliebt, kleine Hoheit.«

Es waren zwei Entwürfe. Ein amtliches Kommuniqué der Bank und eine inspirierte Notiz für die gesamte Presse der Côte d'Azur. Unangemessener Karnevalsscherz eines in dieser Richtung international bekannten Seeoffiziers . . . durchaus nicht (wofür der Bank hinreichende Beweise gegeben seien) ernst zu nehmen. Peinlicher Vorfall, durchaus zu mißbilligendes Benehmen des Kapitäns . . . in Wirklichkeit aber durchaus keine schlimme Absicht. Keinerlei Attentate auf die Bank. Keine geladenen Kanonen. Keine Ursache zur Beunruhigung . . .

Summa summarum: nichts, als ein schlimmer Streich, für den die Regierung des einschlägigen Staates (der Name wurde nicht genannt!) angemessene Bestrafung des betreffenden Offiziers zugesagt habe. »Fünf Tage Stubenarrest«, proponierte der Doktor.

»Drei . . . um der Form zu genügen«, sagte Herr Samanon.

»Vierzehn Tage, bei ebensolanger Enthebung vom Kommando«, entschied streng und klug die oberste Kriegsherrin von Labrador. Nach außen machte sie dabei das Gesicht der großen Katharina, als sie ihren ehemaligen Freund Menschikow nach Sibirien schickte. Innerlich war sie in der Stimmung eines Mannes, der im Traum seine Tante geschlachtet hat und hingerichtet werden soll und aufwachend erkennt, daß alles eben nur ein Traum und der etwas fette Räucheraal von gestern abend gewesen ist.

So war das. Reinschrift und Unterzeichnung so bald wie möglich. Ein kleines nettes Kommuniqué, das den beiden Partnern nicht wehe tat. Das schöne Erklärungen gab, Beruhigung schuf und die Schädigung der Hotels nach drei Tagen schon wieder gutgemacht haben würde durch die Auswirkung einer hübschen Propaganda für dieses ein wenig aus der Mode gekommene Monte Carlo.

Durch das Aufhorchen der Welt. Durch die Sensation. Durch die Aussicht für Chicagoer Industriewitwen und New-Yorker Shopkeepertöchter, in Monte Carlo gelegentlich einen netten kleinen Nervenkitzel erleben zu können. Einen Nervenkitzel, den Cannes und Nizza und San Sebastian bisher nicht hatten bieten können . . .

So war das also. Aufatmen. Befreiung. Am Himmel der rosige Schein, den der Direktor Samanon sah, der kam vielleicht von dem fürstlich-labradorischen Großkreuz Sixtus des Großmütigen her . . .

»Und nun . . .« sagte die Hoheit.

»Und nun Frühstück«, sagte der Doktor Crofts. Und dann sagte er noch, daß man die ganze Menschheit einteilen könne in böse Menschen, die morgens eine trockene Semmel herunterwürgen . . . und in gute, die um sechs Uhr früh schon den Appetit einer Riesenschlange haben. Ein liebes nettes kleines Frühstück. Frugal aber nett. Eier, Zunge, Schinken, Lachs, Kaviar, Langusten, Birkhuhn, Roastbeef, Honig, Butter, Jams, Schwarzbrot, Kognak. Das sagte der Doktor Crofts. Dann gab sie dem Leutnant Williams (als dem in Behinderung des Kapitäns Rangältesten) die nötigen Anweisungen, äußerte die Vermutung, daß die Herren jetzt ja wohl das Bedürfnis haben würden, sich umzuklei-

den, und daß (bei der Ähnlichkeit beider Staturen) der Frühstücksdreß des Direktors Samanon am besten wohl aus der Zivilgarderobe des Doktor Crofts bestritten werden könne.

Das sagte die Hoheit. Dann sagte sie noch, daß vielleicht noch ein fünfter Gast – der verlorene Sohn nämlich – an der Frühstückstafel teilnehmen werde. Und dann, nachdem die Herren entlassen waren, befahl sie, den Kapitän Cradock zu rufen. –

Eine ganze Weile verging, bis er kam. Sie war allein. Sie lehnte an der Reling, sah nach Monte Carlo hinüber. Sonne und das satte Grün der Hänge . . . fernes Rufen und das Farbenspiel der bunten Wagen auf der Straße nach Cannes. Leben, das erwachte.

Sie dachte nach. Leben war gut. Leben war heilig. Was aber da in dem verlogenen Bau mit seiner verlogenen Stuckfassade sich Nacht für Nacht gebärdete, das war das Leben nicht.

War Formlosigkeit und Verwesung. Geschrei und Getöse eines Geschlechtes, das auch zur Lasterhaftigkeit längst zu müde war . . .

Sie runzelte die Stirn. Ihr eigenes Leben war freudlos gewesen. Streng und kalt und leidlich sauber. Es sollte so bleiben.

Sie ging auf und nieder auf dem leeren Deck. Der Mann, den man geliebt hatte in zehn öden Jahren, war ein Mann. Aber ein schönes, ungezähmtes Tier zugleich . . . Ein Abenteurer, der Verwirrung stiften konnte. Es sollte nicht so sein, daß er ihr Leben verwirrte. Es sollte nicht so sein. Sauber und stark und klar sollte es bleiben. Wie bisher. Sie nahm den Spiegel und ordnete sorgfältig ihr Haar. Da hörte sie Schritte. Der Cradock war gekommen.

Da stand er. Ein Mann, der in einem etwas verwegenen Salto das Genick gebrochen hatte und sich keine Illusionen machte über die Folgen. Ein Mann, der gewillt war, die Folgen auf sich zu nehmen.

Da standen sie also. »Haben Sie mir nichts zu sagen, Kapitän Cradock?«

Er schwieg. Er sah auf seinen Degen, den er vorhin bei seinem Abgang fortgeworfen hatte und der dort noch immer lag. Es gab nun keinen Kapitän Cradock mehr. Er schwieg. Da half sie ihm.

Sie sah sich um. Das Deck war leer. »Komm«, sagte die kleine Mary. Sie gingen an die Reling.

Sie nahm die Perlen aus der Tasche. Perlen, die einmal einer unglücklichen Frau gehört hatten. »Du wolltest mir eine Freude machen?« sagte die kleine Mary.

Er nickte stumm.

»Sie haben uns nicht viel Glück gebracht, Frederic William.« Wieder nickte er. Da nahm sie das Kollier und warf es ins Wasser. »Es ist wohl besser so für uns beide«, sagte sie. Da nahm er plötzlich ihre Hand und küßte sie. »Verzeih du mir«, sagte der Cradock und begriff, daß da noch etwas anderes über Bord geworfen worden war als ein Schmuck. »Verzeih.«

Da drehte sie sich rasch um und hatte wohl etwas an ihrem Haar zu ordnen. »Oh, kein Grund mehr, Frederic William«, sagte die kleine Mary und machte ein trotziges und tapferes Jungengesicht. »Kein Grund.« Dann ging sie dorthin, wo der Degen lag.

»Willst du ihn wieder haben?«

Er schüttelte stumm den Kopf. Er hatte sie schwer kompromittiert – es war in der Ordnung, daß sie ihn fallen ließ. »Habe dir zuviel Ungelegenheiten gemacht.« Da sagte sie ihm alles.

Daß kein »Sadi Carnot« kam. Daß kein internationaler Skandal da war. Daß kein Direktor mehr im Kohlenbunker saß. Daß der Direktor Samanon gegenwärtig Frühstückstoilette machte. Daß alles gut war, daß nur ein paar Tage Stubenarrest übriggeblieben waren . . . ihr zuliebe . . . sonst nichts . . .

Er nahm den Degen. Er küßte wieder ihre Hand. Dann sah er traurig vor sich hin.

»Willst du mir dein Wort geben, daß du nicht mehr spielst?« fragte sie.

Er nickte.

»Nie mehr?«

Er nickte. Ganz leicht war das nicht. Mußte aber sein einer gütigen Frau zuliebe. »Mein Wort.«

»Und dann das andere. Daß du nie mehr Kriege erklärst ohne meinen Willen? An die europäische Zivilisation?«

Da lächelte er. »Solange ich in Ew. Hoheit Diensten bin.«

»Immer, Cradock!«

Da schüttelte er traurig den Kopf. Ein Mann war ein Mann. Mußte so sein, wie Gott ihn erschaffen hatte.

Ein Abenteurer war ein Abenteurer. Mußte so sein, wie Gott ihn erschaffen hatte.

Ein Komet war ein Komet. Mußte ruhelos durch das Weltall sausen, Unfug stiften, bis er irgendwo zerspellte . . .

Es mußte wohl so sein. Er schüttelte den Kopf. »Solange ich in deinen Diensten bin.«

»Immer!«

»Nein.«

Es war wohl besser so für sie und für ihn. Er konnte dieses Schiff führen . . . noch ein halbes Jahr. Des Anstandes halber. Der Form wegen, die gewahrt werden mußte. Dann wollte er gehen.

»Wohin?«

Er sah sie stumm an, machte eine etwas müde Handbewegung.

»Cradock, wohin gehst du?«

Er lächelte ein wenig und schwieg. Abenteurer wissen nicht, wohin sie gehen. Da nickte sie stumm. Es war so. Es mußte wohl so sein. Und daß es nun ein sauberer, scharfer Schnitt war – das war wohl das Gute daran.

Sie standen zusammen an der Reling. Ein Boot kam. »Meine alte Violet.« Sie lachte.

Ein Windstoß fuhr über die Bucht, der böse Husten kam wieder. Er sah sie erschrocken an.

»Und du?«

Sie lächelte nur. Sie hatte ihr tapferes Knabengesicht.

»Du bist leidend?«

»Oh, nicht der Rede wert.«

»Und gehst nun nicht dorthin«, er machte mit dem Kopf eine Bewegung dorthin, wo hinter Meeresbläue und Sonnenfeuer Ägypten lag. »Und gehst nicht dorthin . . . meinetwegen?«

Da lachte sie. »Die Kohlengelder, mein Herr Kapitän, liegen dort, wo die Perlen liegen.« Da senkte er den Kopf. Sehr tief beschämt. Er war ein ritterlicher Cradock. Daß sie etwas, was ihr zukam, entbehren sollte seinetwegen: das war die bitterste Lektion.

»Ich werde keine Kriege mehr erklären ohne dich.« Da sah sie sich um auf dem menschenleeren Deck, vergewisserte sich, daß es niemand sah. Ging zu ihm und strich ihm beruhigend über das Haar, in dem wirklich noch kein Grau zu finden war. »Alter, dummer Junge!« sagte die kleine Mary.

Unten am Fallreep brummte schon der Motor. Violet Gräfin Hensbarrow, Zofe Susan und fünf nun etwas deplazierte Lederkoffer.

»Nun wird es wohl ein Ende haben mit uns beiden«, sagte die kleine Mary.

»Nun muß es wohl sein.«

Sie sahen sich an. Nein, keine Vertraulichkeiten. Scharfer, sauberer Schnitt und tapfere Herzen. Sie gaben sich die Hand.

»Du.«

»Du.«

»Und vergibst mir?«

»Dummer Junge!«

Die anderen, sie hatten nun ihre Frühstückstoilette beendet. In goldbetreßtem Gala-Zweispitz und funkelnden Lackstiefeln ein frisch aus dem Ei geschälter Marineleutnant Fennimore Williams.

In etwas abgetragener Uniform ein alter, dicker, asthmatischer Schiffsdoktor Wilbour Crofts.

In einem ausgeliehenen, aber angesichts der gleichen Staturen leidlich sitzenden Cutaway ein nun wieder sauberer und stattlicher Direktor Samanon.

In einem würdigen, leicht nach Kampfer duftenden und mit Hilfe der Zofe Susan glücklich zugehakten Reisekleid eine ältliche, auf Zucht und gute Sitte haltende Hofdame, Violet Hensbarrow.

Vorstellung und Tischordnung und zu allem ein tapferes Weiberherz, das sein Inneres nicht offenbart.

Eine angemessene Tischordnung.

Die Hoheit von Labrador und der Repräsentant der Bank von Monte Carlo.

Die Gräfin Hensbarrow und der Doktor Crofts.

Kleine Flottenleutnants bekommen noch keine Tischdame.

Und der verlorene Sohn namens Cradock sitzt zur Linken der Hoheit von Labrador.

Bomben auf Monte Carlo sind gut. Aber zu Tisch gehen ist besser. Und alle die bösen Menschen haben morgens keinen Appetit, und alle die guten Menschen haben um sechs Uhr früh schon einen Hunger wie eine Riesenschlange. Ein nettes, liebes, kleines Frühstück. Frugal aber nett. Eier, Zunge, Schinken, Lachs, Kaviar, Langusten, Birkhuhn, Roastbeef, Honig, Butter, Jams, Schwarzbrot, Kognak. So, und nicht anders . . .

Am Abend aber, als die Hoheit von Labrador sich von dem Direktor Samanon noch nach der Corniche führen ließ, war da unter dicken, mit dem letzten Kohlenschutt gespeisten Rauchwolken ein kleines Schiffchen zu sehen, das in Savona Gelder für neue Kohlen vorfinden sollte.

Ein kleiner silbriger Kreuzer, der Kurs nach Osten nahm.

Der Herr Direktor Samanon fragte, wohin er ginge.

Die Hoheit an seiner Seite überhörte die Frage und antwortete nicht.

Abenteurer kennen ihren Weg nicht.

Und nie steigt ein Mann höher, als wenn er nicht weiß, wohin er geht.

- Ende -

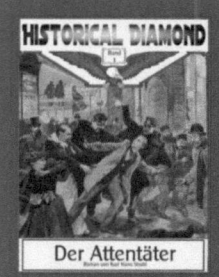

HISTORICAL DIAMOND
Band 1

Der Attentäter
Roman von Karl Hans Strobl

HISTORICAL DIAMOND
Band 2

Die Seelenverkäufer
Abenteuerroman von Kurt Faber

HISTORICAL DIAMOND
Band 3

Jenseits des Äquators
Abenteuerroman von Ferdinand Emmerich

HISTORICAL DIAMOND
Band 4

Der Feind aus dem Dunkel
Kriminalroman von Annie Hruschka

HISTORICAL DIAMOND
Band 5

Der Tag der Vergeltung
Kriminalroman von Anna Katharine Green

HISTORICAL DIAMOND
Band 6

Die Yacht der sieben Sünden
Kriminalroman von Paul Rosenhayn

HISTORICAL DIAMOND
Band 7

Das Rätsel von Ravensbrok
Kriminalroman von Hans Hyan

HISTORICAL DIAMOND
Band 8

Spreemann und Co
Historischer Berlin-Roman von Alice Berend

HISTORICAL DIAMOND
Band 9

Die verlorene Welt
Abenteuerroman von Conan Doyle

HISTORICAL DIAMOND
Band 10

Allan Quatermain und der
Zauberer im Zululand
Abenteuerroman von Henry Rider Haggard

HISTORICAL DIAMOND
Band 11

Attila - König der Hunnen
Historischer Roman von Felix Dahn

HISTORICAL DIAMOND
Band 12

Lizzie Holmes und die
K'istiana-Affäre
Kriminalroman von Sven Elvestad

HISTORICAL DIAMOND
Band 13

Der Chinese
Ein Wachtmeister Studer - Krimi von Friedrich Glauser

HISTORICAL DIAMOND
Band 14

Allan Quatermain
und die heilige Blume
Abenteuerroman von Henry Rider Haggard

HISTORICAL DIAMOND
Band 15

Bomben auf Monte Carlo
Roman von Fritz Reck-Malleczewen

HISTORICAL DIAMOND
Band 16

Das Elfenbeinkind
Ein Allan Quatermain Abenteuerroman von Henry Rider Haggard

Naturwissenschaft, Physik und Astronomie

– **Äquivalenz von Information und Energie.** Von: K.-D. Sedlacek
– **Das Gesetz im Zufall:** Wie sich verborgene Gesetzlichkeit manifestiert. Von: Moritz Cantor u. K.-D. Sedlacek (Hrsg.)
– **Der Widerhall des Urknalls:** Spuren einer allumfassenden transzendenten Realität jenseits von Raum und Zeit. Von: K.-D. Sedlacek
– **Einsteins Relativitätstheorie ganz ohne Mathematik.** Spezielle und allgemeine Relativitätstheorie. Von: Prof. Dr. Paul Kirchberger u. K.-D. Sedlacek (Hrsg.)
– **Freizeitvergnügen Sternenhimmel mit bloßem Auge:** Wie man Sternbilder auffindet ohne Instrumente. Von: Prof. Dr. Paul Kirchberger u. K.-D. Sedlacek (Hrsg.)
– **Phänomen Naturgesetze:** Das Geheimnis hinter den Erscheinungen der Welt. Von: K.-D. Sedlacek
– **Supervereinigung:** Wie aus nichts alles entsteht. Von: K.-D. Sedlacek
– **Die Natur psycho-physikalischer Phänomene.** Erforschung telekinetischer Vorgänge. Von: Schrenck-Notzing, A. u. Klaus D Sedlacek (Hrsg.)
– **Giganten der Physik.** Die Top10-Physiker der Menschheitsgeschichte. Von: Klaus-Dieter Sedlacek (Hrsg.)
– **Der allmächtige Informatiker:** Das Mysterium des Universums. Von Sir James Jeans u. K.-D. Sedlacek (Hrsg.)
– **Der verborgene Mechanismus des Weltgeschehens:** Neue Erkenntnisse über die Gestalten biotechnischer Systeme der Welt. Von: Dr. h. c. Raoul Francé u. K.-D. Sedlacek
– **Der erdgeschichtliche Klimawandel:** Den wahren Ursachen von Klimaschwankungen auf der Spur. Von Wilhelm Bölsche u. K.-D. Sedlacek (Hrsg.)
– **Wege zur physikalischen Erkenntnis.** Meine wissenschaftlichen Selbstbiographie, Reden und Vorträge. Von **Max Planck** u. K.-D. Sedlacek (Hrsg.)

Chemie

– **Der Stein der Weisen:** Wie die Alchemie zur Chemie wurde. Von: Wilhelm Ostwald et. al. u. K.-D. Sedlacek (Hrsg.)
– **Durchblick Chemie:** Praktische Grundlagen und Einführung in die anorganische, organische und Biochemie. Von: Prof. Dr. Lassar-Cohn, Prof. Dr. W. Löb, K.-D. Sedlacek

Natur- und Philosophie .

– **Die letzten Ursachen.** Das Buch der Naturerkenntnis. Von: K.-D. Sedlacek
– **Gebundener Wille:** Wie frei ist menschlicher Wille tatsächlich? Von: K.-D. Sedlacek, G.F. Lipps et. al.

– **Jenseits der Erscheinungen:** Erkennbarkeit und Realität der Quantennatur. Von: Prof. Dr. M. Schick u. K.-D. Sedlacek (Hrsg.)
– **Kleines Wörterbuch der Natur-Philosophie:** 1200 Begriffe, die man kennen sollte, kurz und prägnant. Von: K.-D. Sedlacek
– **Naturphilosophie:** Das Wesen von Naturgesetzen und die Erklärung des Lebens. Von: Prof. Dr. M. Schlick u. K.-D. Sedlacek (Hrsg.)
– **Vereinbarkeit von Religion und Naturwissenschaft.** Von: Kurd Laßwitz u. K.-D. Sedlacek (Hrsg.)
– **Das Konzept des Guten.** Sinnliches Empfinden – Der Ursprung unserer Wertvorstellungen. Von: Klaus-Dieter Sedlacek (Hrsg.)
– **Ist echte Erkenntnis möglich?** Einführung in die Erkenntnistheorie. Von: Prof. Dr. Erich Becher u. K.-D. Sedlacek (Hrsg.)
– **Das individuelle Ich:** Was ist der Kern des Selbstbewusstseins? Von: Th. Lipps u. K.-D. Sedlacek (Hrsg.).
– **Persönlichkeit und Unsterblichkeit:** In welcher Form existiert ein Weiterleben nach dem zeitlichen Ende? Von: Wilhelm Ostwald u. K.-D. Sedlacek (Hrsg.)
– **Die idealistischen Grundwerte unserer Kultur.** Vor Johannes M. Verweyen u. K.-D. Sedlacek (Hrsg.)

Bewusstsein

– **Leben nach dem Leben:** Befreiung des Bewusstseins von den Fesseln der Zeit. Von: K.-D. Sedlacek
– **Quantenbewusstsein.** Von: N. Wrobel u. K.-D. Sedlacek
– **Synthetisches Bewusstsein.** Von: K.-D. Sedlacek
– **Unsterbliches Bewusstsein:** Raumzeit-Phänomene, Beweise und Visionen. Von: K.-D. Sedlacek

Leben und Medizin

– **Leben aus Quantenstaub.** Von: N. Wrobel u. K.-D. Sedlacek,
– **Was ist Krankheit?** Von: N. Wrobel u. K.-D. Sedlacek
– **Bewusstsein und Unsterblichkeit.** Von: C. L. Schlech u. K.-D. Sedlacek (Hrsg.)
– **Die Lebenskraft:** Wie Enzyme, Bewusstsein und quantenbiologische Effekte das Leben regulieren. Von: K.-D. Sedlacek u. N. Wrobel
– **Die verborgene Ordnung des Weltsystems.** Neue Erkenntnisse über die schöpferischen Kräfte der Natur. Von: Dr. h. c. Raoul Francé u. K.-D. Sedlacek (Hrsg.)

– **Homöopathie und Praxis:** Naturheilkundliche alternative Medizin für den mündigen Patienten. Von: Dr. med. J. Voorhoeve u. K.-D. Sedlacek (Hrsg.)

– Eine andere Sicht auf die Entstehung der sporadischen Form der Alzheimerkrankheit. Von Norbert Wrobel u. K.-D. Sedlacek (Hrsg.)

PSYCHOLOGIE

– Gestalt-Psychologie: Einführung in die neue Psychologie vom Begründer der Gestaltpsychologie. Von: Prof. Dr. Kurt Koffka u. K.-D. Sedlacek (Hrsg.)

– Die ersten Spuren psychischer Erscheinungen: Das psychische Leben von Mikroorganismen – Eine Studie in experimenteller Psychologie. Von Alfred Binet u. K.-D. Sedlacek (Übers.)

– Allgemeine moderne Psychologie: Systematische Einführung in die Wissenschaft psychischer Prozesse. Von August Messer u. K.-D. Sedlacek (Hrsg.).

– Strahlende Kräfte durch positives Denken: Die Wurzeln des Erfolgs und Wege zum Glück. Von Emil Peters u. K.-D. Sedlacek (Hrsg.)

BIOLOGIE

– Wie intelligent sind Pflanzen? Sensationelle Einblicke in die geheime Seite des pflanzlichen Wesens. Von Prof. Dr. phil. Adolf Wagner u. K.-D. Sedlacek

– Über Menschenaffen, Tierseele und Menschenseele: Intelligenzprüfungen an Hominiden. Von Wilhelm Bölsche et. al. und K.-D. Sedlacek (Hrsg.)

GESCHICHTE, VOR- U. FRÜHGESCHICHTE

– Die geheimnisvolle Kultur der alten Kelten. Von Druiden, Fürstensitzen und der Lebensart unserer frühgeschichtlichen Vorfahren. Von Georg Grupp u. K.-D. Sedlacek (Hrsg.)

– Der Alchemist Leonhard Thurneysser: Die Lebensgeschichte des Goldmachers von Berlin. Von Klaus-Dieter Sedlacek (Hrsg.)

– Es begann mit Feuerskraft. Das Werden des Menschen und seiner Kultur. Von Carl W. Neumann u. K.-D. Sedlacek (Hrsg.)

– Gefangen zwischen Eisschollen: Die dramatische Entdeckungsgeschichte der Antarktis. Von Klaus-Dieter Sedlacek (Hrsg.)

RATGEBER FREIZEIT U. REISE

– Kultur erleben mit den Wohnmobil in Frankreich: Vierzig kulturelle Highlights, Park- und Übernachtungspätze sowie Navigationskoordinaten. Von Klaus-Dieter Sedlacek

– Kochbuch für ganze Kerle: Kräftige und Feinschmeckergerichte für Freizeit und Camping. Von K.-D. Sedlacek (Hrsg.)

FORSCHUNGSREISEN U. ABENTEUER

– Meine erste Weltumseglung: Tagebuch einer epochalen Expedition. Von James Cook u. K.-D. Sedlacek (Hrsg.)

– Exotische Reise durch Persien: Abenteuerlicher Bericht aus einer fremdartigen Welt des 19ten Jahrhunderts. Von Pierre Loti u. K.-D. Sedlacek (Hrsg.)

– Mit der Beagle um die Welt: Bericht meiner Forschungsreise zum Galapagos-Archipel. Von Charles Darwin u. K.-D. Sedlacek (Hrsg.)

– Peking-Paris im Automobil: Die legendäre 16.000 km – Rallye 1907. Von Luigi Barzini u. K.-D. Sedlacek (Hrsg.)

– Mein Leben im Tropenparadies: Fünfundzwanzig Jahre in Ceylon – Erlebnisse und Abenteuer. Von John Hagenbeck u. K.-D. Sedlacek (Hrsg.)